零件 C

添加在句首

句子按照原本的形式

單句 $\left\{\begin{array}{c}\text{but} \\ \text{because} \\ \text{so}\end{array}\right\}$ 單句

I'm glad	～太好了
It's too bad	～很可惜
I can't believe	竟然～令人不可置信
It's no wonder	～難怪
I'm surprised	～很意外
I'm angry	～很生氣
It's not like	～並非
It looks like	～好像是
I have a feeling	～覺得
I'm worried	～擔心

用現在式表達未來的事情

I hope	～希望
I bet	一定～
What if	如果～怎麼辦？

單句　　　　　單句

平時的狀態→現在 $\left\{\begin{array}{c}\text{if} \\ \text{when} \\ \text{before} \\ \text{after} \\ \text{until}\end{array}\right.$
未來的事情→未來
過去的事情→過去

現在
現在
過去

四ノ

平時

I'm busy.
I'm not busy.
Am I busy?

過去

I / He / She / It / You / We / They

I was busy.　You were busy.
I wasn't busy.　You weren't busy.
was I busy?　Were you busy?

狀態

hungry	很餓
full	很飽
thirsty	很渴
sick	生病、感冒
drunk	喝醉
tired	疲累
late	慢、遲到
ready	準備
awake	醒著
asleep	睡覺
sleepy	想睡
young	年輕
tall	高
beautiful	漂亮、美麗

個性　「現在的事

kind	溫
smart	聰
stupid	笨
honest	誠
cheerful	開
laidback	懶
uptight	焦
selfish	任
funny	有
careful	仔
naïve	沒
mean	刻
rude	失
positive	積
negative	消

大時態練習題

現在

'm busy.

'm not busy.

Am I busy?

未來

'm going to be busy.

'm not going to be busy.

Am I going to be busy?

替換 I'm 或 Are you

I'm	Am I ?
He's	Is he ?
She's	Is she ?
It's	Is it ?
You're	Are you ?
We're	Are we ?
They're	Are they ?

形容詞

「心情」用進行式「I'm being ~ 」

柔

明

實

朗

懶

慮

性

趣（搞笑）

細

世未深、天真、青澀

薄

禮

極

極

情緒

happy	開心、幸福、歡喜
sad	傷心
jealous	羨慕、嫉妒
nervous	緊張
worried	擔心
scared	害怕
excited	興奮

非人的「It」為主詞

crowded	擁擠
lively	熱鬧
dirty	髒
clean	乾淨
boring	無聊
shocking	震驚
exciting	令人興奮的

添加在句尾

形容詞

hungry

tired

drunk

angry

ready

empty-handed

sad

sick

not drunk

not ready

with 名詞

with a problem

with a headache

with a cold

with a hangover

with no money

with no plan

動詞 ing

crying

smelling like alcohol

wearing contacts

thinking about that

not wearing makeup

A4 一枚英語勉強法 見るだけで英語ペラペラになる

一張 A4

說 出 流利英語

Nic Williamson
尼克・威廉森 著　　　涂紋凰 譯

前言

「讀得懂英語文章，但是不擅長會話⋯⋯」是不是很多人有這樣的困擾呢？那是因為大家都按照母語的架構說英語才會這樣。

所謂的架構就是「框架」。想要快樂又自然地用英語溝通，按照英語的模式說話非常重要。一般來說，只要記住一定程度的單字和文法規則，就能閱讀並理解英語。然而，當你想要透過書寫、口說的方式發表自己的想法時，即便腦中擁有很多詞彙，也不是只要把單字排在一起就好。

想要用英語表達自己的想法，就需要「說英語的框架」。

無法開口說英語的人，通常都是腦中擁有各種知識但各自分散，沒有一個完整的框架。這個時候你需要的就是學習英語框架的「魔法 A4 表格」。只要套入框架中的動詞詞組，不用學習新的文法也沒關係！

請閱覽本書一開始附錄的「魔法 A4 表格」。有看到零件 A、零件 B 這幾個欄位嗎？

首先請盡量組合 A 和 B，造出各種短句。光是這樣，你就能開口說出很多英語句子了。

按照這個模式開口說英語的第一個優點就是非常輕鬆。

1. 英語會話其實很簡單，根本不需要這麼辛苦。

2. 而且東想西想，反而會造出很奇怪的句子。

本書就是想告訴你這兩件事而已。

這個表格將英語的組織元素，整理成四大零件。只要看著表格開口說英語，就能造出母語者絕對聽得懂的句子。你不需要做筆記，只要使用這張表格，就能體會到：「原來英語會話如此簡單！」

Contents

序章

以二十年英語教學經驗與認知神經科學為基礎開發的「魔法 A4 表格」

Contents

Chapter 1

學會英語表達的基礎——「時態」

Contents

Contents

Chapter 3

使用「形容詞」的句子也要能馬上說出口

Contents

Contents

Chapter 6

學會稍微多加一點料就能說出複雜內容的「奇蹟應用法」

Contents

魔法 A4 表格的使用方法

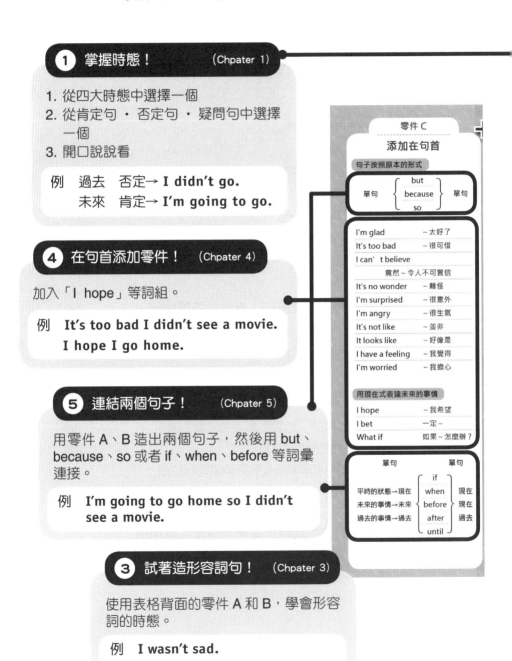

1 掌握時態！ (Chpater 1)

1. 從四大時態中選擇一個
2. 從肯定句・否定句・疑問句中選擇一個
3. 開口說說看

例 過去 否定→ I didn't go.
　　未來 肯定→ I'm going to go.

4 在句首添加零件！ (Chpater 4)

加入「I hope」等詞組。

例 It's too bad I didn't see a movie.
　 I hope I go home.

5 連結兩個句子！ (Chpater 5)

用零件 A、B 造出兩個句子，然後用 but、because、so 或者 if、when、before 等詞彙連接。

例 I'm going to go home so I didn't see a movie.

3 試著造形容詞句！ (Chpater 3)

使用表格背面的零件 A 和 B，學會形容詞的時態。

例 I wasn't sad.
　 I'm going to be thirsty.

零件 C

添加在句首

句子按照原本的形式

單句 { but / because / so } 單句

I'm glad	～太好了
It's too bad	～很可惜
I can't believe	竟然～令人不可置信
It's no wonder	～難怪
I'm surprised	～很意外
I'm angry	～很生氣
It's not like	～並非
It looks like	～好像是
I have a feeling	～我覺得
I'm worried	～我擔心

用現在式表達未來的事情

I hope	～我希望
I bet	一定～
What if	如果～怎麼辦？

單句　　　　單句

平時的狀態→現在　{ if / when / before / after / until }　現在
未來的事情→未來　　　　現在
過去的事情→過去　　　　過去

用零件 A、B 造出句子之後，在句尾加上零件 D。

> 例 I didn't see a movie crying.
> I'm going to get up tired.

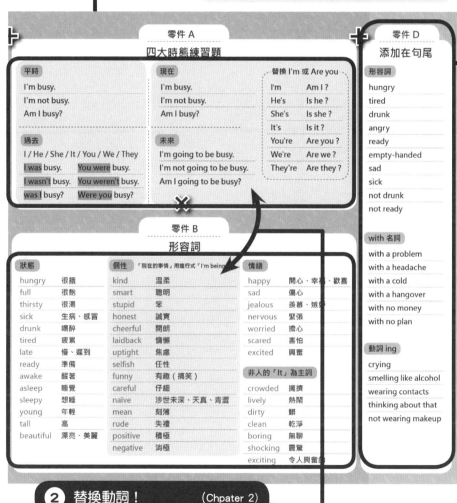

零件 A

四大時態練習題

平時

I'm busy.
I'm not busy.
Am I busy?

過去

I / He / She / It / You / We / They
I was busy. You were busy.
I wasn't busy. You weren't busy.
was I busy? Were you busy?

現在

I'm busy.
I'm not busy.
Am I busy?

未來

I'm going to be busy.
I'm not going to be busy.
Am I going to be busy?

替換 I'm 或 Are you

I'm	Am I ?
He's	Is he ?
She's	Is she ?
It's	Is it ?
You're	Are you ?
We're	Are we ?
They're	Are they ?

零件 B

形容詞

狀態

hungry	很餓
full	很飽
thirsty	很渴
sick	生病、感冒
drunk	喝醉
tired	疲累
late	慢、遲到
ready	準備
awake	醒著
asleep	睡覺
sleepy	想睡
young	年輕
tall	高
beautiful	漂亮、美麗

個性 「現在的事情」用進行式「I'm being

kind	溫柔
smart	聰明
stupid	笨
honest	誠實
cheerful	開朗
laidback	慵懶
uptight	焦慮
selfish	任性
funny	有趣（搞笑）
careful	仔細
naïve	涉世未深、天真、青澀
mean	刻薄
rude	失禮
positive	積極
negative	消極

情緒

happy	開心、幸福、歡喜
sad	傷心
jealous	羨慕、嫉妒
nervous	緊張
worried	擔心
scared	害怕
excited	興奮

非人的「It」為主詞

crowded	擁擠
lively	熱鬧
dirty	髒
clean	乾淨
boring	無聊
shocking	震驚
exciting	令人興奮的

零件 D

添加在句尾

形容詞

hungry
tired
drunk
angry
ready
empty-handed
sad
sick
not drunk
not ready

with 名詞

with a problem
with a headache
with a cold
with a hangover
with no money
with no plan

動詞 ing

crying
smelling like alcohol
wearing contacts
thinking about that
not wearing makeup

把零件 A 例句的綠色部分換成零件 B 的動詞，開口說說看。

> 例 I didn't see a movie.
> I'm going to go home.

序章

以二十年英語教學經驗與
認知神經科學為基礎開發的
「魔法 A4 表格」

消除學英語容易失敗的關鍵——「魔法 A4 表格」的超強機制

只要套用相同的模式即可，所以學起來非常輕鬆！

本書所附的「魔法 **A4** 表格」包含：

● 基本零件（零件 **A**）
● 只要套用就能應用的片語（零件 **B**）
● 加在句子前後的片語（零件 **C**‧**D**）

這是一份能夠讓讀者練習組合的表格。

使用表格練習的時候，請讀出聲音到能夠輕鬆說出短句為止。反覆練習這張表格，你應該就能明顯感受到英語會話能力急遽提升。

首先要使用的是零件 **A** 和 **B**。組合 **A** 和 **B**，就能完成這樣的英語短句：

I go home.

使用零件 **A** 和 **B**，試著彼此組合，光是這樣就可以增加很多你平常馬上能說出口的英語短句。

重點在於不要把注意力放在 **A** 和 **B** 的每一個單字，而是把每一種表達方式當成詞組背起來。

譬如想說「回家」的時候，如果分別背誦 **go** 與 **home** 兩個單字，就會猶豫——

「**go** 與 **home** 之間是要加入 **to** 嗎？」

「是不是應該說 **my home**？」

在你猶豫不決的時候，對話已經結束了……實際上很可能會發生這種情形，而且這種經驗應該每個人都有。

如果每次說話的時候都要東想西想，那就永遠無法對話了。

順帶一提，「回家」說「**go home**」沒錯。加入 **to** 或者 **my** 就錯了。

從這個例子各位應該就能了解，單字不能單獨背誦，而是要以「詞組」的方式記住。

應該會有人很在意剛才的問題——

go home

「為什麼不用加 **to** ？」

「沒有加 **my** 對方會知道我想表達的是『回我家』嗎？」

不過，英語會話裡面，不需要「為什麼」這種哲學思考。比起思考這種問題，還不如用詞組的方式記起來，習慣「這個地方會加入這種形式的詞彙」更重要。

「回家」就是 **go home**。

請把注意力放在這種詞組上。只要能夠做到這一點，不需要思考枝微末節的事情也能進行對話，而且也不會出錯。

如果你想表達「平常都是我洗碗」，該怎麼用英語造句呢？很多努力學習英語的人會造出以下這種句子。

I am the one who does the dishes.

不過，其實只要這樣說就 **OK** 了——

I do the dishes.

「**I do the dishes.**」這句話也只是組合 **A4** 表格的「零件 **A**」與「零件 **B**」而已。根本不需要什麼困難的文法原理！以母語者的角度來看，「**I am the one who does the dishes.**」反而比較不自然。

我們再看另一個例子。
「早上一起床就變成名人了」用英語要怎麼說呢？

I woke up to find myself to be famous.

雖然是實際上出現在某課本中的例句，但不一定要這樣用。正確答案是：

I woke up famous.

這個句子在母語者對話中很自然。

順帶一提，日本的英語教育經常使用「find」這個單字。從文法構造的角度來看，或許比較好教學也比較容易理解。

不過，英語會話中不使用 find 也能表達，或者是說不用這個字反而比較好懂的情形很多。

接下來，我們先放下以前學過的英語文法，學習簡單的英語對話吧。

同時也能夠訓練發音和聽力！

利用魔法 **A4** 表記住英語片語，就會讓發音變得更好。譬如說：

get up.

如果把 **get** 與 **up** 視為單獨的詞彙，發音的時候就會各自發音，但是把 **get up** 當成一個片語背起來，就能自然而然地

像母語者一樣發出連音 /'get.ʌp/

　　除此之外，**shut up.** 不是讀成 /ʃʌt ʌp/，而是 /ʃʌlʌp/。**pick up** 不是讀成 /pɪk ʌp/，而是 /pɪkʌp/，逐漸接近母語者的發音。除此之外，當自己的發音越接近母語者，聽力也會變得更好。

　　你不覺得能夠和母語者說出相同的發音比較好嗎？

書寫時用 I'm going to ～，會話時用 I'm gonna ～

　　表達未來時態的時候，有一個需要注意的地方。表達未來的事情時，可以這樣用：

be going to ～

　　但是在會話中會變成這樣：

I'm gonna

- 書寫時用 **I'm going to** ～
- 會話時用 **I'm gonna** ～

請各位記住這個這樣的用法。在本書中，會用 **I'm going to** ～表達未來時態。

英語單字的吸收速度也會大幅加快！

我剛開始學日語的時候，知道的詞彙不多，沒辦法說出自己想說的話。因此，我心想：「先學會日語的『架構』吧！」只要學會說日語時的架構，之後只要套用各種詞彙或說法，就能流暢地對話。

接著，我透過看電視、看漫畫、問人的方法，不斷增加可以套用的詞彙量。本書的 **A4** 表格就是應用相同的機制，你只要把各種新單字套用在這張表格的架構上，就能有效率地學習大量的詞彙。

選擇適合自己、符合自我目標的方法來增加詞彙量也很好。想考 **TOEIC** 的人可以用考古題背單字，喜歡電視劇或電影的人也可以邊看劇邊學單字。

「遇到不懂的單字一定要查字典然後寫筆記」其實你完全不需要這麼做。現在有很多工具可以運用，你可以在 **Netflix** 看電影或電視劇，也可以使用 **APP**。

請保持輕鬆的態度，持續學習下去吧！

 point

請連結這裡的影片，了解使用Netflix有效率地背誦單字和句型的訣竅。

section 2

「魔法 A4 表格」的基本使用方法

那麼我們就趕快來看一下「A4 表格」的基本使用方式吧！請打開手邊的表格。表格分成零件 A ～ D：

- 零件 A　四大時態的練習題
- 零件 B　詞組化的動詞
- 零件 C　添加在句子前面
- 零件 D　添加在句子後面

零件 A　四大時態的練習題

零件 A 分成四大類：

① 暫時的狀態‧習慣＝現在式

② 現在正在進行‧暫時＝現在進行式

③ 過去＝過去式

④ 未來＝未來式

這些時態就是英語的基礎。稍後會在「四大基本時態（46頁）」詳細說明。目前各位只要大概了解就 **OK** 了。

零件 B　詞組化的動詞

零件 **B** 集結了以下的「詞組化動詞」——

- **go home**　回家
- **meet the deadline**　趕上交期

剛才有提到「以片語的方式背誦動詞」對吧。零件 **B** 羅列了各種「動詞詞組」。請各位記住這樣的使用方式，也就是記住整個「詞組」。

零件 C・D　添加在句子前・後

零件 **C** 和 **D** 放在零件 **A** 和零件 **B** 組合好的句子前後。零件 **C** 添加在句子前，零件 **D** 添加在句子後。

① 造短句

先使用魔法 **A4** 表格，嘗試造出短句吧。詳細內容會在之後的章節解說，這裡只要了解使用表格「可以造出什麼樣的英

語句子」即可。

那我們就來練習吧。想用英語說「他有工作」的時候，該怎麼造句呢？

「呃……"**He has a job.**" 嗎？」

「還是 "**He is an office worker.**" 呢？」

都不對，還有更簡單的說法喔！使用 **A4** 表格學英語，就能反射性地說出這種句子。

我們會先使用表格中的零件 **A**。請看 **A4** 表格，「有工作」在零件 **A** 的哪一個區塊呢？

● 這屬於平時的狀態‧習慣嗎？
● 還是現在這個當下正在做的事呢？
● 是未來即將發生的事嗎？
● 過去發生的事嗎？

沒錯，這是「平時的狀態‧習慣」。

因此，我們來看看在 **A4** 表格上零件 **A**「①平時的狀態‧習慣＝現在式」吧。表格上的句型是什麼呢？

He works.
他有工作。

是這樣對吧。這樣就 **OK** 了！這樣母語者就能聽得懂了。

如果是「她剪頭髮了」要怎麼說呢？

「剪了」是「過去」的事情對吧。因此，我們套用表格上零件 **A**「過去」的說法。

接著，「剪頭髮」在零件 **B** 的地方可以找到「**get a haircut**」這個詞組，所以套用零件 **A**「過去」的說法之後，就變成：

She got a haircut.
她剪頭髮了。

使用「魔法 **A4** 表格」學習英語就是這麼簡單！是不是很輕鬆呢？其實只要重複這樣的步驟幾次，就能夠馬上掌握日本人最不擅長的「時態」。

針對零件 **A** 的使用方法和「時態」會在 **Chapter 1** 詳細說明喔。

② 在短句中加上零件 C

接下來我們來試著說說看「他有工作真是太好了」這個句子。

剛才我們已經造出 "**He works.**"（他有工作） 這個句子。接下來只要在句子前面加上零件 **C** 就完成了！

I'm glad
～太好了

也就是說，會變成——

I'm glad + he works.

I'm glad he works.
他有工作真是太好了。

只要在組合零件 **A** 和 **B** 的句子前面，加上零件 **C** 裡頭的詞組卽可。用相同的方式，也可以造出「她把頭髮剪短眞是太可惜了」這樣的句子。

剛才我們已經完成 "**She got a haircut.**" 這個短句。接

下來只要從零件 C 中選出——

It's too bad
～很可惜

　　加上這個詞組就會變成——

It's too bad + she got a haircut.

It's too bad she got a haircut.

　　一樣也是在組合 **A** 和 **B** 的短句前面，加上其他詞組而已。像這樣使用零件 **C**，在句子左側加上詞組的方法，我會在 **Chapter 4** 詳細說明。

③ 連接句子

　　如果是「因為正在下雨，所以就不去了」這樣的句子該怎麼說呢？想要表達這種因果句的時候，可以使用表格中零件 **C** 的「**but, because, so**」或是「**if, when, before ...**」等詞彙。（另外，像「下雨」這種天氣動詞會在第 77 頁介紹使用方法。）

組合零件 **A**．**B** 就知道「不去」可以這樣說——

I'm not ......（未來．否定）

接著再組合零件 **A**．**B** 就能造出「正在下雨」這個句子——

It's raining.（現在．肯定）

只要用零件 **C** 裡面的——

because
因為

就能連接兩個句子。連接之後就像這樣——

I'm not going to go because it's raining.
因為正在下雨，所以就不去了

這就是一個很棒的英語句子了。

「雖然我們已經分手，但之後會復合」這句話要怎麼說呢？請再度看一看表格。

組合零件 **A**．**B** 就知道「我們分手了」可以這樣說——

We broke up.（過去．肯定）

接著再組合零件 **A**．**B** 就能造出「重修舊好吧」這個句子——

We're going to get back together.（未來．肯定）

接著只要用——

but
但是

連接這兩句話。就會造出這樣的句子——

We broke up but we're going to get back together.
雖然我們已經分手，但之後會復合。

像這樣使用零件 **C** 連接句子的方法，我會在 **Chapter 5** 詳細說明。

④ 在短句後加上零件 D

接著我們來試著造出「我戴著隱形眼鏡睡著了」這句話。這次我們要在零件 **A**・**B** 組成的句子「後面」，添加零件 **D** 當中的詞組。

組合零件 **A** 和 **B** 的短句——

I went to bed.（過去・肯定）
我睡了

加上零件 **D** 的詞組——

wearing contacts
戴著隱形眼鏡

就會產生這樣的句子——

I went to bed wearing contacts.
我戴著隱形眼鏡睡著了。

　　我們再來看看「他總是一身疲累地回家」這句話要怎麼說。組合零件 **A** 和 **B** 的短句——

He comes home. （平時．肯定）
他回家

　　加上零件 **D** 的詞組——

tired
疲累

　　就會產生這樣的句子——

He comes home tired.
他總是一身疲累地回家。

　　只要在組合 **A** 和 **B** 的短句最後，加上其他詞組卽可。像這樣使用零件 **D**，在句子最後加上詞組的方法，我會在 **Chapter 6** 詳細說明。

符合認知心理學的學習法

使用表格的訣竅

　　如同前面看到的範例，只需要應用一張 **A4** 表格，就能夠輕鬆造出數千個英語句子。而且這些都是非常自然、能夠和母語者溝通的英語！

　　如果不用依靠表格就能馬上說出這麼多句子，不是一件很厲害的事嗎？為了做到不依靠表格，確實練習開口說出造好的句子非常重要。

　　我會在自己的教室用這張表格教學生英語。不過，剛開始跟學生介紹這張表格的時候，也會有人說：「我想要更自由地說出自己想說的話。」但是這個時候我一定會告訴學生：「自由地開口說，反而會讓你造出來的句子很難懂喔！」

　　在沒有「英語框架」的狀態下想自由說英語的人，無論怎麼學都沒辦法真正自由。這些人只是在腦中順著「母語框架」說英語，導致要花很多時間才能造出一個句子，而且表達的方

式很不自然，光說英語就覺得很累。

正因如此，掌握「英語框架」比起其他的英語學習更重要。只要掌握「英語框架」，在腦中隨意套用就能馬上自然地表達想說的話，而且也不會覺得累。這才是真正能「自由」使用英語的境界吧。

各位想不想學會能夠自然表達的英語會話框架呢？自由自在地對話等到掌握框架之後再來努力也不遲。

鍛造日本刀的時候，也會先鑄模對吧？因為鑄好的模很堅固，才能一直使用。同樣的道理，請各位了解英語會話也有「框架」。藉由一開始刻意規定，框架自然而然就會形成。

大腦有神經「迴路」，經常使用相同迴路，突觸就會越來越粗

我為什麼會覺得要先學會「英語的構造、框架」呢？請容我解釋一下原因。我大學時專攻認知神經科學，這張 **A4** 表格就是以我當時學到的知識為基礎編排的成果。

人類的大腦有大量的「神經細胞（神經元 neuron）」。細胞和細胞之間透過「突觸」傳送化學物質，打造出「神經迴路」。簡單來說，這個神經迴路就是人的「思考迴路」。

而且，人類的大腦很有趣，只要經常使用相同的神經迴

路‧思考迴路，這些迴路就會變得越來越強壯。突觸會因為經常使用而越來越粗。

譬如說，同一個地方一直有水流過，土地上就會出現一道水溝。因為有水溝，水又更容易往溝裡流，所以即便剛開始只是一條小水溝，最後也會變成又深又寬廣的河川。

不過，這個架構有好處也有壞處。

如果打高爾夫的揮桿姿勢不對，那錯誤的揮桿姿勢就會逐漸定型，壞習慣就會越來越難矯正。反之，持續練習正確的揮桿姿勢也會逐漸定型，之後下意識也能自然保持在對的位置。

相同的道理，人越往壞處想，就會越容易培養負面思考。反之，人越往好處想，就越容易培養正面思考，自然而然就會朝那個方向思考。

那麼負面思考迴路已經變強的人，該怎麼變成正面思考的人呢？已經變粗變強壯的大腦神經迴路，還能改變嗎？

就結論來說，人類的大腦是能夠改變的。大腦能夠創造出和過去截然不同的嶄新神經迴路‧思考迴路。

因此，大量使用新迴路，讓新迴路變得越來越粗很重要。

為了做到這一點就需要「框架」。讓大腦自由思考，就會回到過去的迴路之中。所以要刻意打造「框架」，有意識地不斷沿著新迴路思考。

打造新的思考迴路，神經迴路時，剛開始是最困難的，不過新迴路會越用越強壯，舊迴路因爲少用則會越來越弱，所以你會覺得越來越輕鬆。

「明明已經很努力學英語了，還是學不好……」

「學英語很難、很痛苦……」

對這樣的人來說，打造一條能夠輕鬆有效率學習英語的嶄新思考迴路不是更好嗎？我製作的這份 **A4** 表格，就是讓大家能輕鬆學習的「框架」。

想要打造出英語的迴路，就要大量使用！

想要打造出英語的思考迴路，就只能靠大量使用。這並不代表必須從頭開始學習英語文法或英語理論。

鋼琴家也不會每天學習音樂理論對吧。他們應該是每天花好幾個小時練習，練習到手放在鍵盤上就能自然地彈奏。

英語會話也一樣，要不斷開口練習到能自然地在母語者面前說出英語句子最重要。

看著這張表格，練習用英語思考再說出口，才能在大腦內建立起「英語迴路」想說什麼就能脫口而出。

實際上，我教的學生也是，有用表格練習和沒有用表格練習的學生差異非常明顯。鋼琴教室也一樣對吧？有練習和沒練習的孩子，表現完全不同。

　　不斷開口練習，就能擺脫日語的影響，使用英語的思考迴路、框架開口說英語。如此一來，你就會慢慢抓到母語者說話的感覺。

　　身為母語者的我，也能和這樣的人自然地用英語對話。

section 4

日本人之所以學不好英語，就是因為「在腦內翻譯日語」

① 所以沒辦法馬上說出口！

日本人在說英語的時候，都會開始回想英語文法對吧。比起對母語者來說聽起來是否自然，各位好像更在意文法是否正確。

受到英語測驗的影響，大家學習時以文法和翻譯為主也是無可奈何，但我想這就是造成大家無法馬上說出口的第一個原因。

不過，請各位想想看。大家平常會話的時候，會思考日語的文法嗎？不會吧。英語母語者也一樣。沒有人會一直想著文法說話。我們不是什麼專攻文法的學者，根本不需要被文法拘束。

第二個原因是各位的日語程度和英語程度差很多，所以反

而會想要用很難的方式造句。

　　日本人的母語是日語，所以用日語思考英語該怎麼說的時候，往往會用很困難的方式表達。然而，要用普通水準的英語能力翻譯高水準的日語本來就是一件非常困難的事。

② 所以對方沒辦法馬上聽懂！

　　從日語出發，勉強說出口的英語，往往會造出母語者根本沒在用的不自然句子。

　　譬如初學者往往會把「我的東西都去銀座買」這句話翻譯成——

My shopping is always Ginza.

　　這其實是非常奇怪的英語。更簡單的句子是——

I go shopping in Ginza.

　　才是正確的說法。

　　我在講解時態的 **Chapter 1** 會詳細說明，不過這裡想提一下，日本教育課程中包含英語課，國中一年學習現在式、二

年級學過去式、三年級學現在完成式,把最重要的時態拆開來教學。

　　教學的時候,老師不會使用學生還沒學到的內容造句,所以往往會造出母語者根本不會使用的、不自然的句子。

　　譬如說,母語者會用進行式說的句子,老師也會因為教學的關係說:「我們還沒學到進行式,所以用現在式寫寫看吧!」這些落差會在之後一直影響學生。

③ 所以沒辦法學起來!

　　國中程度的英語單字就已經能說很多句子,但日本人總是學不會英語,其實是因為學生總是想直接翻譯日語單字,也有很多人一心認為要學很多單字才行。令人意外地是,英語並不重視「區隔單字」。

　　譬如說「上班」這個簡單的詞彙,想用英語表達的時候你會不會思考「咦?『上』要怎麼說?」

I go to work.

　　「上班」、「去補習」、「前往某處」都用「**go**」就好了。很簡單對吧。

我還有另外一個把單字想得很難的故事。

我以前曾經和學生有這樣的對話——

學生：「大大後天的英語要怎麼說？」

我：「沒有大大後天這種單字喔。」

學生：「那想說大大後天的時候怎麼辦？」

各位覺得呢？

日本人會覺得一定要找出大大後天這個單字，但是母語者會這樣想——

「今天是星期五，大大後天就是星期一。直接說星期一（**On Monday**）不就好了？」

「直接說三天後（**In three days**）也可以。」

我們需要培養這種思考方式。最容易扯人後腿的學習方式就是太過於執著於原生語言。不要從原生語言發想，而是用英語思考，造句就會變得非常簡單。

擺脫日本學校的教學方式

現在有英語會話教室、YouTube、日英轉換應用程式等各種學習英語會話的方法。

不過，就和為了考試而讀書一樣，即使讀了教科書結果也大同小異。重要的是如何用英語思考。

為了解決剛才提到的問題，就必須擺脫日語思維用英語思考。能否轉換思維就是最大的關鍵。

愛因斯坦說過：「重複做相同的事卻期望得到不同結果，根本就是瘋了。」

過去嘗試過很多次還是無法開口說英語的人，要不要試著以本書為開端，改用英語思考呢？

那我們就趕快打開幫助大家學習的「魔法 **A4** 表格」吧！

Chapter 1

學會英語表達的基礎──「時態」

英語的「時態」超重要！

時態的四大基本種類──表達句子發生的時間

英語非常重視「區分時態」。請看 **A4** 表格的零件 **A**。

① 暫時的狀態‧習慣（現在式）

② 現在正在進行‧暫時（現在進行式）

③ 過去（過去式）

④ 未來（未來式）

零件 **A** 中總共有這幾種時態，而徹底掌握四大時態是用英語思考的第一步。

平時的狀態‧習慣（現在式）和現在（現在進行式）的差異

現在式表達的是「平時的狀態‧習慣」。然而,有很多人認爲現在式指的是「現在、當下的狀態」。

現在式雖然是基礎中的基礎文法,但大部分的人都對現在式有誤解。現在式和現在是否進行該動作沒有關係。

另一方面,現在進行式表達的是「現在正在進行的事情」或者「暫時的狀態」。

我們來比較一下兩者有什麼不同。譬如現在式的句子——

I wear makeup.

表示「我平常會化妝」,但是和現在有沒有化妝一點關係也沒有。

反之,現在進行式的句子——

I'm wearing makeup.

表示「正在化妝」,但是不代表這個人平常就有化妝或者習慣素顏。

過去（過去式）和未來（未來式）的感覺

過去式如字面所示就是表達過去的事情。一秒前或一百年前的事情一樣都用過去式表達。

未來式如字面所示就是指未來的事。一秒後或一百年後的事情一樣都用未來式表達。

未來（未來式）的三種說法與萬能用法

未來式還有「**will**」這個用法，但其實「**will**」並不是隨時都能用。

英語的未來式有三種。

- **will**……「現在決定的事情（決定做某事）」或者是「還沒決定的事情（應該會做某事）」
- 現在進行式……「已經決定的未來，已經計畫好的行程（決定好要做某事）」
- **be going to**……唯一一個任何時候都能使用的未來式

譬如說，以下的句子分別有不同意義——

I will play tennis tomorrow.

那我明天去打網球喔。

I'm playing tennis tomorrow.

我明天是要去打網球啦。

不過下面這一句兩個意思都通用。

I'm going to play tennis tomorrow.

可以解釋成「那我明天去打網球喔」或者「我明天是要去打網球啦」。

只要使用零件 **A** 的 **be going to**，無論是現在決定還是以前就決定好的都可以造出正確的句子。

零件 A「四大時態的練習題」使用方法

想用英語表達的時候，可以按照以下的順序思考——

● **Step 1** 選擇時態（四選一）

● **Step 2** 選擇肯定、否定、疑問句型（三選一）

使用魔法 A4 表格造句的時候，也要按照這個順序思考。

Step 1 的時態是四選一的問題。必須選擇想表達的事情屬於什麼時態。這個時候不能從日語的角度出發，而是要按照內容判斷。

談論之後的事情用未來式，昨天的事情用過去式。

Step 2 要從肯定、否定、疑問之中選擇。

譬如說，在表格的零件 A 有這樣的短句——

Does he work?

短句中的「work」就是「範例」。從零件 B 選擇你實際上想表達的內容，取代「work」的位置。

透過重複練習這兩個步驟，來掌握用英語思考的感覺。

學習語言不是靠背多少範例，而是讓大腦記住語言的「骨架」。把不同的內容套用在同一個骨架上，這樣最容易讓骨架定型。

接下來我就要開始出題了！

請各位不要用母語直譯，刻意按照 **Step 1** 和 **Step 2** 的順序來思考吧！

Q. 「我好像沒辦法升遷」要怎麼說？

時態是什麼？→未來

肯定？否定？疑問？→否定

因此，從零件 **A** 選擇未來式的否定句「**I'm not going to**」就是正確答案。

組合出來的句子就是——

I'm not going to get promoted.
我好像沒辦法升遷。

順帶一提，用日語（中文）的角度思考這個句子，「我好像沒辦法～」會譯成——

seem to

「沒辦法做某事」則是——

not be able to

所以很多人都會說成是——

I seem to not be able to get promoted.

這個句子非常不自然。還是剛才的正確解答「**I'm not going to get promoted.**」才是比較自然的說法。

只考慮「未來式」、「否定句」就是英語的思考方式。被日語（中文）的「好像」、「沒辦法」影響，硬要把這兩個部分譯成英語，完全是徒勞無功，反而漏掉了英語最重視的時態「時制」。實際上，上述的例子「好像沒辦法升遷」明明就是未來的事情，卻說成「**I seem to not be able to...**」這是現在式，並非未來式。

日語是「區隔單字」，英語是「區隔時態」

英語對「區隔時態」比日語更細緻。

譬如說日語、中文的「做（什麼）」，可以用在「平時的狀態」、「現在」、「未來」，甚至是「過去」發生的事。

以下的句子都是用「做（什麼）」對吧？請注意「做（什麼）」的部分。

● 「平時都在做什麼？」（平時的狀態）

● 「現在在做什麼？」（現在）

● 「明天要做什麼？」（未來）

● 「我已經做過了，所以很了解。」（過去）

英語一定會像以下的範例一樣區分時態。用法會因為每個句子的時態不同而明顯改變。

● **What do you do** ？（平時都在做什麼？）

● **What are you doing** ？（現在在做什麼？）

● **What are you going to do tomorrow** ？（明天要做什麼？）

● **I understand because I did it before.** （我已經做過了，所以很了解。）

否定句也一樣。

譬如說「尚未完成的狀態」也可以用在「現在沒有做某事（現在）」、「平時沒有做某事（平時的狀態）」、「昨天沒有做某事（過去）」。

英語的話就一定會區分時態──

● **I'm not doing it.**（現在沒有做。）

● **I don't do it.**（平時沒有做。）

● **I didn't do it yesterday.**（昨天沒有做。）

另外，中文當中其實沒有這種類型的未來式。比較以下兩個句子就能清楚了解到，在談論未來的事情時，動詞也不會發生任何改變。

●「平時都是五點<u>起床</u>。」（平時）

●「明天要五點<u>起床</u>。」（未來）

另一方面，英語就一定會區分時態。

● **I get up at 5.**（平時五點起床。）

● **I'm going to get up at 5 tomorrow.**（明天要五點起床。）

 point

關於區分四大時態的內容，請一併收看影片。

日語中「區隔單字」比英語更細緻

英語的特徵是比較重視區分時態，而日語（中文）的特徵則是比較重視「區隔單字」。譬如說，中文裡中的「上班」、「去補習」、「前往某處」分別用不同的動詞，但是英語都用「**go**」。

還有其他例子，日語有「生命」、「人生」、「生活」等單字，但是英語都是「**life**」。

請比較以下兩個句子。

平常有去健身房──

I go to the gym.

正前往健身房──

I'm going to the gym.

「平常有去」是「平時的狀態」，而「正前往」是「現在的事情」對吧？

中文都用「去」並沒有區分時態，但英語就一定會用「**I go**」、「**I'm going**」區分時態。

另一方面，中文的「去補習」、「前往某處」會用不同動詞，但英語都是「**go**」，不會有不同的動詞。

英語和日語（中文也是如此，下文日語都可替換爲中文語境）的區隔方法不同。英語靠「時態」區隔，而日語靠其他「單字」輔助來區隔。這是因爲日語和英語重視的地方不同。

因此，用日語的角度思考英語，根本就是徒勞無功，反而還會漏掉最重要的關鍵。

譬如說「去補習」的動詞「去」明明是「平時的事情」，但是你卻以爲有「去」就表示是進行式，用這個角度判斷就會很奇怪。

除此之外，若受到日語的區分單字不同用法的影響，就會煩惱「前往」的英語要怎麼說？但其實只要用大家都知道的「**go**」就可以了。

一開始就了解日語和英語的不同，能夠從英語的角度思考，學英語就會變得很輕鬆，也能說出自然的英語了。

不需要考量文法細節，只要套用模式即可！

我剛開始學日語的時候和大家學英語一樣，都是以學文法爲主。我用同時思考爲數衆多的文法這種方式學了四年，還是

很難造出一個簡單的句子。

譬如說「不想去的話，不去也沒關係喔」這個句子。以日語的文法來思考的話，就會變很複雜步驟。

「不想去的話，不去也沒關係喔」是日語當中非常簡單也很日常的一句話，但是從文法的角度來思考的話，就必須經過非常多步驟。

因此，我某天發現「把日語分解開來，用片語或套用模式來思考應該會比較簡單吧？」針對日語的骨架。不需要思考「為什麼」，只要知道「要這樣用」就好了。

英語也一樣。在記住「這裡要用動詞原形」、「這裡要用動詞 ing」，下意識就能說出正確句子之前，你只要把各種內容大量套用框架即可。

不是灌輸大腦有意識的「知識」，而是培養大腦無意識的「感覺」。

要做到這一點，只能靠不斷練習！

學校的英語課程問題

把時態分開學習

　　日本的學生從國小開始就會稍微接觸到英語，不過要到國中之後才會眞正開始學習文法。然而，學校的課程安排很有問題。

　　國中一年級的第一學期學現在式、第二學期學進行式、第三學期學過去式，到了二年級才終於學到未來式。

　　像這樣分開學習時態的方式，沒辦法讓學生抓到說英語的感覺。反而會讓學生覺得英語很困難。

　　「未來式要用這個慣用語。**to** 的後面會加上……」這樣說明之後，任誰都會覺得「好難喔」。

　　日本的學校教育還有另一個問題。不知道爲什麼，日本的英語課都會從「例外」的動詞 **be** 動詞和 **have** 開始教。

　　be 動詞和 **have** 之所以是「例外」，是因爲兩者都表示

「現在正在發生的事」，卻不使用現在進行式而是使用現在式。
（基本上是這樣。）

譬如說「我頭痛」可以這樣說——

I have a headache.

但是「我現在頭痛」不會說——

I'm having a headache.

另外，「我現在肚子餓」會說——

I'm hungry.

但不會說——

I'm being hungry.

也就是說，**be 動詞**和 **have** 不知道爲什麼會把日語當中現在進行式的句子，以現在式的方式表達，所以屬於例外。

而且 **be 動詞**和 **have** 在國中的課程中會最先出現。因爲

一開始就出現，所以學生覺得混亂也是情有可原。從例外開始教規則，往往會造成學生錯誤的理解。

　　我個人是覺得，一開始讓學生學習四大時態就好了。

　　讓學生一次瞭解四大時態，讓學生了解：「英語有平時、現在、過去、未來四種形式，很簡單喔！」學生也會自然而然地覺得「啊，原來如此」。

使用 I 區分四個時態

我們來複習一下序章介紹的例句。

「我的東西都是在銀座買」英語要怎麼說呢？

正確答案是：

I go shopping in Ginza.

不過有人會被日語的「購物」影響，說出這樣的句子──

Shopping is always Ginza.

日語（中文）的句子會從「買東西都……」開始，但你不需要因為日語的主詞是「買東西」，就把「**shopping**」當成英語的主詞。日語和英語的差異大到超乎各位的想像。

不過，如果用「**Step 1** 時態」、「**Step 2** 肯定·否定·

疑問」等剛才介紹的兩個步驟思考並套用表格的話，就不需要在意日語和英語的細微差異，也能直接說出「**I go shopping in Ginza.**」這樣用「**I**」開頭的句子了。表格會引導各位思考。

而且，不必加入 **always** 也能表達「平時的狀態」，「**I go shopping**」就已經含有「平時・總是」的意思了。「**always**」只不過是強調的說法而已。

為了培養英語當中基礎中的基礎，第一章會使用零件 **A** 的部分，讓大家練習時態。

首先請打開 **A4** 表格，回答以下的問題。掌握從「**I**」開始造句的感覺吧！

Q.「平常都是我在洗碗」要怎麼說？

時態是什麼？ ------------------ 平時的狀態

肯定？否定？疑問？ ---------- 肯定

所以英語要怎麼說呢？ ------- **I do the dishes.**

中文有時候會說「洗碗的人是——」，所以會有人用這樣困難的表達方式——

The person who does the dishes is me.

但這個句子是錯的。

「日語（中文）的句子是關係代名詞結構，所以英語也要一樣」這種想法也是錯的。日文（中文）和英語是兩種不同語言，兩者之間完全沒有歷史背景的關聯，所以句構不一樣很正常。如果勉強配合的話，反而會很不自然。

如前文所述，請各位務必小心「不重視時態」、「明明用簡單的單字就好，卻被日語影響」等「雙重陷阱」。

看著表格思考「時態呢？」「肯定？否定？疑問？」漸漸培養英語母語者說話的感覺吧。

Q. 「我平時都五點回家」要怎麼說？

時態是什麼？ ----------------- 平時的狀態

肯定？否定？疑問？ ---------- 肯定

所以英語要怎麼說呢？ ------- **I go home at 5.**

「我平時都五點回家」是平時的狀態，所以用現在式「**I go home at 5.**」

有很多人被「回家」這個詞的動作影響，而用進行式「**I'm going home.**」但這是錯誤的句子。

Q. 「我在回家的路上」要怎麼說？

時態是什麼？ ------------------ 現在進行式

肯定？否定？疑問？ ---------- 肯定

所以英語要怎麼說呢？ ------- **I'm going home.**

　　「我在回家的路上」表示「正在回家」，所以屬於「現在發生的事（現在進行式）」。另外，有很多人會思考「回家的『路上』要用『**way**』嗎？還是『**road**』？到底是哪一個？」其實都不用，只要把句子改成進行式就好。

Q. 「今晚不回家」要怎麼說？

時態是什麼？ ------------------ 未來

肯定？否定？疑問？ ---------- 否定

所以英語要怎麼說呢？ ------- **I'm not going to go home.**

　　「今晚不回家」是未來的事情所以用「未來式」，而且是否定句，所以加起來就是「**I'm not going to**」。

Q. 「昨天沒回家」要怎麼說？

時態是什麼？ ------------------ 過去

肯定？否定？疑問？ ---------- 否定

所以英語要怎麼說呢？ ------- **I didn't go home.**

因爲是昨天所以用「過去式」，沒回家用「否定句」。

中文的否定詞「沒有」無論是「現在」、「平時」、「昨天」都可以通用所以很難懂，但是說英語的時候就要分得非常清楚。這個句子因爲是表達「昨天」的事情，所以就用過去式。

Q. 「明天要五點起床」 要怎麼說？

時態是什麼？ ------------------ 未來

肯定？否定？疑問？ --------- 肯定

所以英語要怎麼說呢？ ------- **I'm going to get up at 5.**

Q. 「我平時五點就起床」 要怎麼說？

時態是什麼？ ------------------ 平時的狀態

肯定？否定？疑問？ --------- 肯定

所以英語要怎麼說呢？ ------- **I get up at 5.**

中文當中的「平時五點起床」、「明天五點就要起床」都沒有區分時態，無論什麼時間都用一樣的說法，但英語不同。

Q. 「我打算提分手」 要怎麼說？

時態是什麼？ ------------------ 未來

肯定？否定？疑問？ --------- 肯定

所以英語要怎麼說呢？ ------- **I'm going to break up.**

Q. 「我應該會分手」 要怎麼說？

時態是什麼？ ----------------- 未來

肯定？否定？疑問？--------- 肯定

所以英語要怎麼說呢？ ------ **I'm going to break up.**

這次的例子是中文句子不同但英語相同。「打算提分手」是未來肯定句，而「應該會分手」也是未來肯定句，所以都用「**I'm going to**」。

Q. 「我今年沒去滑雪」 要怎麼說？

時態是什麼？ ----------------- 過去

肯定？否定？疑問？--------- 否定

所以英語要怎麼說呢？ ------ **I didn't go skiing this year.**

「今年沒有」或者「還沒有」，換句話說就是「以前沒做的事」。「以前的事」就是「過去的事」。

下一個問題也是這種感覺。

Q. 「我沒分手啊」 要怎麼說？

時態是什麼？ ----------------- 過去

肯定？否定？疑問？--------- 否定

所以英語要怎麼說呢？ ------ **I didn't break up.**

因為這也是「以前沒做的事」，所以屬於「過去・否定」的範疇。如果已經分手的話，也是過去的事情對吧。只要把過去式的句子改成否定就完成了。

Q. 「我都不加班」要怎麼說？

時態是什麼？------------------ 平時的狀態

肯定？否定？疑問？---------- 否定

所以英語要怎麼說呢？------- **I don't do overtime.**

Q. 「我好像會被罵」要怎麼說？

時態是什麼？------------------ 未來

肯定？否定？疑問？---------- 肯定

所以英語要怎麼說呢？------- **I'm going to get in trouble.**

Q. 「我老是被罵」要怎麼說？

時態是什麼？------------------ 平時的狀態

肯定？否定？疑問？---------- 肯定

所以英語要怎麼說呢？------- **I get in trouble.**

這個時候也不要被中文影響，只要想著「老是被……」屬於「平時的狀態」即可。

Q. 「好像趕不上交期」要怎麼說？

時態是什麼？ ------------------ 未來

肯定？否定？疑問？ ---------- 否定

所以英語要怎麼說呢？-------**I'm not going to meet the deadline.**

section 4

接著套用「I」以外的主詞，用「He」「She」「You」「We」「They」「It」來試試看！

嘗試更換「現在句」、「未來句」的主詞

如果都在講自己的事情，當然無法聊得盡興。接下來我們使用除了「I」以外的主詞，一樣分兩個步驟區分時態。

表格上的零件 A 裡面有：

● 「平時的狀態」和「過去」並列的粉色欄位
● 「現在」和「未來」並列的粉色欄位

後者的「現在」和「未來」框內的例句都使用「I'm」。「I'm」可以用旁邊的「You're」「We're」「They're」「He's」「She's」「It's」取代。

這些主語為什會用這種方式銜接句子呢？以有點難懂的文法角度來解釋的話，這和 **be** 動詞的變化有關係，不過根本不需要想這麼多。不必像為了考試而讀書那樣思考原理，只要把這個用法整個記下來就好了。

　　譬如說，你不需要每次都思考「"**He**" 是第三人稱單數所以 **be** 動詞用 "**is**"」，也知道「**He**」每次都搭配「**is**」，所以只要當成片語記住就好。

　　而且英語口語不會說「**I am ……**」而是用「**I'm ……**」所以──

He is……

也一定會縮短成──

He's……

　　你不需要了解原理，只要把「**He's**」當成詞組記住即可。

　　我教英語的時候一定會要求學生記住「詞組」。如此一來就能省去學生思考「主詞是 **I** 所以 **be** 動詞用……」這種思考原理的時間。

另外，請各位也一併記住縮短之後的發音。**A4** 表格零件
A 的右側有主詞縮短後的詞組，請用這樣的發音，嘗試讀出以
下的例句，試著練習看看吧！

● I'm working.

● You're working.

● We're working.

● They're working.

● He's working.

● She's working.

● It's working.

接著是否定句。

● I'm not working.

● You're not working.

● We're not working

● They're not working.

● He's not working.

● She's not working.

● It's not working.

這次用未來式來練習看看吧！

● I'm going to go.

● You're going to go.

● We're going to go.

● They're going to go.

● He's going to go.

● She's going to go.

● It's going to go.

● I'm not going to go.

● You're not going to go.

● We're not going to go.

● They're not going to go.

● He's not going to go.

● She's not going to go.

● It's not going to go.

怎麼樣？光是重複發出聲音練習，就能讓大腦不需要思考也能順暢地說出口。這樣就完成基本的框架，之後只要替換成不同的動詞即可。

嘗試更換「普通句」、「過去句」的主詞

「表示平時狀態的普通句」和「過去句」並非使用「**I'm**」而是使用單獨的「**I**」，所以能更換成「**You**」、「**We**」、「**They**」、「**He**」、「**She**」、「**It**」。

只有在「平時的狀態」主詞為「**He**」、「**She**」、「**It**」才需要在主詞後的動詞加上「**s**」。

比起思考「因為是第三人稱單數」，不如記住「**He**」、「**She**」、「**It**」為主詞時「動詞要加 **s**」，然後反覆練習讓身體自然而然地記住。

剛開始可能很難，但是稍微練習一下很快就會了。你會漸漸培養出「"**I works.**"好像怪怪的耶」、「"**He work.**"好像不對耶」等感覺。開口說英語時不要想著一堆理論，而是透過練習，讓這些「感覺」下意識地在大腦中生根。

那接下來就請各位把短句唸出來，好好培養習慣吧！

● **I work.**

● **You work.**

● **We work.**

- They work.
- He works.
- She works.
- It works.

否定句也要發出聲音練習。

- I don't work.
- You don't work.
- We don't work.
- They don't work.
- He doesn't work.
- She doesn't work.
- It doesn't work.

「He」、「She」、「It」的否定句都用「doesn't」對吧。因為「doesn't」已經有「s」所以後面的動詞就不需要用到「s」了。譬如說「He doesn't works.」出現兩個「s」這樣就錯了。

過去式的任何一個主詞都一樣，後面的動詞都不需要加「s」。

而且過去式的否定句動詞用原形所以很簡單，只有肯定句要把動詞換成過去式「**go → went**」、「**get → got**」、「**buy → bought**」。

動詞的過去式也只能背起來了。（請參照 93 頁）。

這也能培養使用英語的感覺，一起發出聲音練習吧！

- **I went.**
- **You went.**
- **We went.**
- **They went.**
- **He went.**
- **She went.**
- **It went.**

否定句也要發出聲音練習。

- **I didn't go.**
- **You didn't go.**
- **We didn't go.**
- **They didn't go.**

- **He didn't go.**
- **She didn't go.**
- **It didn't go.**

接著只要從零件 **B** 找出別的動詞來取代「**go**」即可。

代替「**went**」的動詞一定要是過去式喔。

section **5**

天氣動詞的使用方法

　　接著，我們來按步驟看看表示天氣的動詞吧。譬如說「下雨」用的是「**rain**」，「下雪」用的是「**snow**」。A4 表格上沒有寫天氣相關的動詞，請參照 95 頁。我們先用「**rain**」和「**snow**」套用零件 **A** 來造短句吧！表達天氣的動詞，使用方式和之前介紹的動詞完全相同，只不過特點在於主詞用「**It**」。

Q.「 現在正在下雨 」 要怎麼說呢？

時態是什麼？ ----------------- 現在進行式

肯定？否定？疑問？ --------- 肯定

所以英語要怎麼說呢？ ------- **It's raining.**

Q.「 好像要下雨了 」 要怎麼說呢？

時態是什麼？ ----------------- 未來

肯定？否定？疑問？ --------- 肯定

所以英語要怎麼說呢？ ------- **It's going to rain.**

Q.「明天會下雨」要怎麼說呢？

時態是什麼？ ------------------ 未來

肯定？否定？疑問？ ---------- 肯定

所以英語要怎麼說呢？ ------- **It's going to rain.**

「好像要下雨了」、「明天會下雨」在中文的表達方式不同。

不過「好像要下去了」和「明天會下雨」都是「未來式・肯定句」，所以英語的呈現方式就會一模一樣。後者只要加入「**tomorrow**」即可。

而且有很多人會這樣說「**It's going to raining.**」在動詞後面加上「**ing**」反而不對，「**be going to**」後面一定會用動詞原形，所以句子只會是「**It's going to rain.**」

Q.「每次都下雨」要怎麼說呢？

時態是什麼？ ------------------ 平時的狀態

肯定？否定？疑問？ ---------- 肯定

所以英語要怎麼說呢？ ------- **It rains.**

「**It**」和「**He**」、「**She**」一樣，如果是「平時的狀態」動詞就會加上「**s**」。除此之外，因為「**rain**」也是動詞，所以用

法和「**go**」、「**come**」完全一樣。即便是「**He comes.**」、「**She goes.**」等句子中會正確加上「**s**」的人，不知道為什麼動詞換成「**rain**」之後就會犯下「**It's rain.**」這種錯誤。不過，這就像「**He's go.**」、「**She's come.**」一樣都是大錯特錯的英語句子。

Q. 「應該不會下雪」要怎麼說呢？

時態是什麼？ ------------------ 未來

肯定？否定？疑問？ ---------- 否定

所以英語要怎麼說呢？ ------- **It's not going to snow**.

Q. 「夏威夷不會下雪」要怎麼說呢？

時態是什麼？ ------------------ 平時的狀態

肯定？否定？疑問？ ---------- 否定

所以英語要怎麼說呢？ ------- **It doesn't snow in Hawaii.**

　　這也是「**It**」的「普通句」，所以會加入「**s**」變成「**It doesn't**」。除此之外，關鍵在於不要把「**Hawaii**」當成主詞。天氣的主詞是「**It**」，最後加上「**in Hawaii**」即可。

Q. 「澳洲會下雪嗎？」要怎麼說呢？

時態是什麼？ ----------------- 平時的狀態

肯定？否定？疑問？ --------- 疑問

所以英語要怎麼說呢？ -------**Does it snow in Australia?**

這也是「**It**」的「普通句」所以需要「**s**」，變成「**It doesn't**」，只要在最後加上「**in Australia**」即可。

section **6**

用隨機範例來練習時態

接著我們用表格來練習區分時態吧！

- **1** · 主詞
- **2** · 時態
- **3** · 肯定 · 否定 · 疑問

請從以上的選項中選擇。

Q.「他正在加班」要怎麼說呢？

主詞是什麼？ ----------------- 他

時態是什麼？ ----------------- 現在進行式

肯定？否定？疑問？ ---------- 肯定

所以英語要怎麼說呢？ ------- **He's doing overtime.**

Q. 「他應該會加班」 要怎麼說？

主詞是什麼？ ----------------- 他

時態是什麼？ ----------------- 未來

肯定？否定？疑問？ --------- 肯定

所以英語要怎麼說呢？ -------**He's going to do overtime.**

Q. 「他每天都加班」 要怎麼說呢？

主詞是什麼？ ----------------- 他

時態是什麼？ ----------------- 平時的狀態

肯定？否定？疑問？ --------- 肯定

所以英語要怎麼說呢？ -------**He does overtime every day.**

Q. 「我們正在外面吃飯」 要怎麼說呢？

主詞是什麼？ ----------------- 我們

時態是什麼？ ----------------- 現在進行式

肯定？否定？疑問？ --------- 肯定

所以英語要怎麼說呢？ ------- **We're eating out.**

Q. 「我們今天晚上會去外面吃飯」 要怎麼說呢？

主詞是什麼？ ----------------- 我們

時態是什麼？ ----------------- 未來

肯定？否定？疑問？ ---------- 肯定

所以英語要怎麼說呢？ ------- **We're going to eat out.**

Q. 「 我們平時都不去外面吃飯 」 要怎麼說呢？

主詞是什麼？ ------------------ 我們

時態是什麼？ ------------------ 平時的狀態

肯定？否定？疑問？ ---------- 否定

所以英語要怎麼說呢？ ------- **We don't eat out.**

Q. 「 他們好像會分手 」 要怎麼說呢？

主詞是什麼？ ------------------ 他們

時態是什麼？ ------------------ 未來

肯定？否定？疑問？ ---------- 肯定

所以英語要怎麼說呢？ ------- **They're going to break up.**

Q. 「 我們應該不會復合 」 要怎麼說呢？

主詞是什麼？ ------------------ 我們

時態是什麼？ ------------------ 未來

肯定？否定？疑問？ ---------- 否定

所以英語要怎麼說呢？ -------**We're not going to get back together.**

Q.「他都不打掃家裡」 要怎麼說呢？

主詞是什麼？ ----------------- 他

時態是什麼？ ----------------- 平時的狀態

肯定？否定？疑問？ --------- 否定

所以英語要怎麼說呢？ ------- **He doesn't clean the house.**

Q.「你平常在家都沒打掃吧」 要怎麼說呢？

主詞是什麼？ ----------------- 你

時態是什麼？ ----------------- 平時的狀態

肯定？否定？疑問？ --------- 否定

所以英語要怎麼說呢？ ------- **You don't clean the house.**

Q.「昨天她沒有來」 要怎麼說？

主詞是什麼？ ----------------- 她

時態是什麼？ ----------------- 過去

肯定？否定？疑問？ --------- 否定

所以英語要怎麼說呢？ ------- **She didn't come.**

Q.「她完全不下廚」 要怎麼說？

主詞是什麼？ ----------------- 她

時態是什麼？ ----------------- 平時的狀態

肯定？否定？疑問？---------- 否定

所以英語要怎麼說呢？------- **She doesn't cook.**

Q. 「你會被罵喔 」要怎麼說呢？

主詞是什麼？----------------- 你

時態是什麼？----------------- 未來

肯定？否定？疑問？---------- 肯定

所以英語要怎麼說呢？-------**You're going to get in trouble.**

Q. 「他會下廚嗎？」要怎麼說呢？

主詞是什麼？----------------- 他

時態是什麼？----------------- 平時的狀態

肯定？否定？疑問？---------- 疑問

所以英語要怎麼說呢？------- **Does he cook?**

Q. 「她明天也會來嗎？」要怎麼說呢？

主詞是什麼？----------------- 她

時態是什麼？----------------- 未來

肯定？否定？疑問？---------- 疑問

所以英語要怎麼說呢？------- **Is she going to come?**

Q. 「你現在在看電視嗎？」要怎麼說呢？

主詞是什麼？----------------- 你

時態是什麼？----------------- 現在進行式

肯定？否定？疑問？--------- 疑問

所以英語要怎麼說呢？------- **Are you watching TV?**

Q. 「他們正在外面喝酒嗎？」要怎麼說呢？

主詞是什麼？----------------- 他們

時態是什麼？----------------- 現在進行式

肯定？否定？疑問？--------- 疑問

所以英語要怎麼說呢？------- **Are they going drinking?**

Q. 「他們分手了嗎？」要怎麼說呢？

主詞是什麼？----------------- 他們

時態是什麼？----------------- 過去

肯定？否定？疑問？--------- 疑問

所以英語要怎麼說呢？------- **Did they break up?**

Q. 「我會被革職嗎？」要怎麼說呢？

主詞是什麼？----------------- 我

時態是什麼？----------------- 未來

肯定？否定？疑問？ ---------- 疑問

所以英語要怎麼說呢？ ------- **Am I going to get fired?**

Q. 「她平常會去健身房嗎？」 要怎麼說呢？

主詞是什麼？ ----------------- 她

時態是什麼？ ---------------- 平時的狀態

肯定？否定？疑問？ ---------- 疑問

所以英語要怎麼說呢？ ------- **Does she go to the gym?**

你覺得如何？小心不要被中文影響而造出錯誤的句子喔！

section 7

透過隨機組合來鍛鍊爆發力

你是不是漸漸習慣了呢？

接下來除了時態的模式之外，我們要再打造嶄新的腦神經連結。容我再重複一次——

- 時態是什麼？
- 肯定？否定？疑問？
- 所以英語要怎麼說呢？

抓住這種感覺很重要。

無論什麼時態、主詞、肯定、否定、疑問都要多方嘗試看看。而且要每天練習。我自己在練習日語的時候，也總是一直自言自語（笑）。像這樣在骨架當中填入動詞，自然而然就能脫口說出短句。請各位務必試試看。

　　請試著使用表格，反覆發出聲音練習。練習時不需要思考日語（或中文）的翻譯句，應該是說不要去想比較好。不過，一定要特別注意「未來‧肯定」「過去‧疑問」等步驟。久而久之你就不會再用母語思考，而是用英語思考了。

　　從現在開始，請按照時態的模式造出二十個例句。不需要寫出來，只要發出聲音說出口就好！

　　怎麼樣？掌握這些內容之後，是不是不用從日語思考也能自然地脫口說出短句了呢？我想你應該會漸漸抓到這個感覺。

　　以前覺得很困難的人，也可以透過練習自己隨機組合句子，鍛鍊出用英語思考的爆發力。

Chapter 2

増加「動詞」的詞彙量就能
開口說出更多英語

替換 A4 表格的動詞，
擴充能使用的動詞量

　　透過替換零件 **B** 裡面的「動詞詞組」，掌握零件 **A** 的時態模組吧！這次要大幅增加套入模組裡的動詞種類。

　　即便動詞不同，我們要做的事情仍然不變。零件 **A** 需要思考「時態是什麼？」、「肯定？否定？疑問？」然後加入本章介紹的各種動詞即可。零件 **A** 不只能套用表格裡的動詞，也可以套用各種動詞，是個全能的模組。

　　本章會列出動詞清單，「單獨動詞」和「動詞詞組」都一網打盡！

單獨動詞表

不需要受詞的動詞

現在式	第三人稱單數	過去式	詞意
go	goes	went	去
come	comes	came	來
leave	leaves	left	出發、離開
work	works	worked	工作
study	studies	studied	讀書
know	knows	knew	了解、知道
pay	pays	paid	支付
change	changes	changed	改變
understand	understands	understood	理解
explain	explains	explained	說明
win	wins	won	獲勝
lose	loses	lost	輸
eat	eats	ate	吃
drink	drinks	drank	喝
smoke	smokes	smoked	吸菸
try	tries	tried	努力
learn	learns	learned	學習
ask	asks	asked	詢問
walk	walks	walked	走路
drive	drives	drove	開車
cook	cooks	cooked	做菜
talk	talks	talked	說話
speak	speaks	spoke	說話
read	reads	read	閱讀

stay	stays	stayed	留宿、留下
start	starts	started	開始
finish	finishes	finished	結束
stop	stops	stopped	停止
help	helps	helped	幫助
move	moves	moved	搬家、移動

需要受詞的動詞

現在式	第三人稱單數	過去式	詞意
get it	gets it	got it	獲得～
do it	does it	did it	做～
have it	has it	had it	擁有～、有～
take it	takes it	took it	帶去～
bring it	brings it	brought it	帶來～
use it	uses it	used it	使用～
teach it	teaches it	taught it	教～
find it	finds it	found it	找到～
like it	likes it	liked it	愛好～、喜歡～
watch it	watches it	watched it	看～、觀察～
see it	sees it	saw it	看～、看得見～
look at it	looks at it	looked at it	看～
listen to it	listens to it	listened to it	聽～
look for it	looks for it	looked for it	找～
buy it	buys it	bought it	買～
sell it	sells it	sold it	賣～
give it	gives it	gave it	給～
send it	sends it	sent it	送～
make it	makes it	made it	製做～
write it	writes it	wrote it	寫～

clean it	cleans it	cleaned it	清理～
say it	says it	said it	說～
wear it	wears it	wore it	穿～
break it	breaks it	broke it	破壞～
tell 人	tells 人	told 人	告訴～、傳達給～
show 人	shows 人	showed 人	給～看
take 人	takes 人	took 人	帶～去
invite 人	invites 人	invited 人	邀請～、招待～
email 人	emails 人	emailed 人	寄電子郵件
text 人	texts 人	texted 人	傳訊息給～
call 人	calls 人	called 人	打電話
meet 人	meets 人	met 人	約會、遇見、開會

主詞為 It 才會使用的動詞

現在式	第三人稱單數	過去式	詞意
rain	rains	rained	下雨
snow	snows	snowed	下雪
sell	sells	sold	熱銷
start	starts	started	開始
finish	finishes	finished	結束
break	breaks	broke	損壞
take	takes	took	花時間
happen	happens	happened	發生
stop	stops	stopped	停止

動詞詞組表

一般	
go home	回家
go to work	去上班
go out	出去玩、出門
go to the gym	去健身房
get a haircut	剪頭髮
go to the bank	去銀行
get money out	領錢
get up	起床
wake up	醒來
stay up	熬夜
sleep in	睡過頭
go to bed	睡覺
fall asleep	睡著
stay home	待在家
order in	叫外送
have breakfast	吃早餐
have lunch	吃午餐
have dinner	吃晚餐
watch TV	看電視
take a shower	淋浴
take a bath	泡澡
brush *my* teeth	刷牙
get ready	準備
get dressed	穿衣服
get changed	換衣服

kill time	打發時間
spend time	度過一段時間
spend money	花錢
say thank you	道謝
say sorry	道歉
say yes	答應
say no	拒絕

家事	
do the housework	做家事
take out the trash	倒垃圾
make dinner	做晚餐
clean the house	打掃家裡
vacuum (the living room)	（在客廳）用吸塵器
do the shopping	跑腿
do the dishes	洗碗
do the laundry	洗衣服
hang out the laundry	晾衣服
get the laundry in	收衣服
fold the laundry	疊衣服
do the ironing	燙衣服
iron (my shirt)	熨燙（襯衫）

air the futon	曬棉被	go to the movies	去電影院
air out the house	通風	see a movie	看電影
do some gardening	整理花草	see a play	看表演
water the garden	幫庭院澆水	see a band	看演唱會
weed the garden	幫庭院除草	eat out	外食
walk the dog	帶狗散步	eat in	在家吃飯
feed the dog	餵狗	come over	來家裡玩

健康	
lose weight	變瘦
gain weight	變胖
work out	運動、練肌肉
get in shape	鍛鍊身體
stay in shape	維持健康的身體
get rid of stress	消除壓力
see a doctor	看醫生、去醫院
have an operation	動手術
visit 人 in the hospital	探病
go to the dentist	看牙醫

娛樂	
go out	出去玩
take 人 out	帶人走
have a party	辦派對
have a barbecue	烤肉
have a picnic	野餐

have 人 over	邀請別人來家裡
buy 人 dinner	請吃晚餐
split the bill	各自付錢
pay separately	另外算錢
get a taxi	搭計程車
share a taxi	共乘計程車
go drinking	去喝酒
go shopping	去購物
go clubbing	去俱樂部
go to the beach	去海邊
go to the park	去公園
go to the pool	去游泳池
go for a drive	去兜風
go for a walk	去散步
go bowling	打保齡球
go traveling	旅行
go sightseeing	觀光
play golf	打高爾夫
play tennis	打網球

戶外活動	
go skiing	去滑雪
go snowboarding	去滑雪板
go ice-skating	去溜冰
go surfing	去衝浪
go sailing	玩風帆
go scuba-diving	去潛水
go snorkeling	去浮淺
go jet-skiing	騎水上摩托車
go camping	去露營
go hiking	去健行
go fishing	去釣魚
go golfing	打高爾夫球
go horse-riding	去騎馬
go strawberry-picking	去採草莓
go skydiving	去跳傘
go bungee-jumping	玩高空彈跳

受害	
get mugged	被恐嚇
get pickpocketed	東西被偷
get ripped off	被搶劫
get conned	被詐騙
get groped	遇到變態
(my bag) get stolen	（物品）被偷
(my bag) get snatched	（物品）被搶

戀愛	
be in love (with 人)	愛上
fall in love (with 人)	戀愛
fall for 人	喜歡上～
fall out of love	變冷淡
have feelings for 人	對～有感覺
hit on 人	追求
pick 人 up	搭訕
ask 人 out	邀約會、告白
lead 人 on	引導對方、讓對方喜歡自己
play hard to get	裝模作樣
play games	（戀愛上的）. 你追我跑
get a boyfriend	交到男朋友
have a boyfriend	有男朋友
go out (with 人)	和～約會中
be in a relationship	有另一半
get along	感情好、交往很順利
go through a rough patch	倦怠期
have a fight	吵架
make up	和好
cheat (on 男女朋友) (with 外遇對象)	外遇
two-time 人	腳踏兩條船

do the long distance thing	遠距離戀愛
dump 人	甩掉（另一半）
break up	分手
get back together	復合
pop the question	求婚
propose to 人	求婚
marry 人	和～結婚
get married	結婚
be married	結婚
marry into money	為了錢結婚
settle down	穩定（結婚之後有家庭）
have a baby	生小孩
hurt 人	傷害～
separate	分居
be separated	分居中
divorce 人	和～離婚
get divorced	離婚
get half	獲得一半的財產
get asked out	受邀約會、被告白
get hit on	被追求
get picked up	被搭訕
get led on	被玩弄
get dumped	被（另一半）甩了
get cheated on	被外遇
get proposed to	被求婚

工作	
go to work	去上班
finish work	下班
do overtime	加班
get paid	拿到薪水
get paid overtime	拿到加班費
call in sick	打電話請病假
get promoted	升遷
get transferred	調職、異動
get fired	革職
get laid off	被裁員
get a raise	加薪
get a job	找到工作
change jobs	轉職
quit (my job)	辭職
take time off	休假
go out on my own	獨立
be in charge of	負責～
fit in	融入
talk shop	談工作的事情
have a meeting	開會
reach an agreement	有共識
get a contract	簽約
close the deal	成交
meet the deadline	趕上交期
hit (my) target	達成目標

make progress	有進展	cut corners	潦草行事
start over	從頭開始	talk back	頂嘴
move it up	提前	cook the books	作假帳
move it back	延後	sue 人	控告
make it happen	實現	get sued	被告
get back to 人	回電	*pay off	得到好結果
make it up to 人	補償	*backfire	適得其反
run it by 人	透過人		
sign off on it	簽名、認可		
entertain clients	應酬		
wine and dine 人	應酬		
do it by the book	按照守則去做		
think outside the box	跳脫刻板印象		
raise the bar	提升水準		
turn a profit	產生利益		
kill it	大賺一筆		
make a killing	大賺一筆		
be in the black	賺錢		
be in the red	賠錢		
cut costs	削減經費		
cut *my* losses	停損		
break into ～	打斷、插入		
rush into it	儘快～		
go bankrupt	破產		
dodge a bullet	躲避危機		
get in trouble	被罵		
get told off	被罵		
screw up	失誤、失敗		
slack off	偷懶		

＊ pay off 和 backfire 的主詞不是「人」，而是「it」。

section 2

單獨動詞表的使用方法

不需要受詞的動詞、需要受詞的動詞、有沒有受詞都無所謂的動詞

「單獨動詞表」中有「不需要受詞的動詞」和「需要受詞的動詞」。

動詞分為不需要受詞的動詞、需要受詞的動詞、有沒有受詞都無所謂的動詞三種。譬如說「**go**」不會接受詞，「**eat**」可能有受詞也可能沒有，「**buy**」一定需要受詞。

不需要受詞的動詞和有沒有受詞都無所謂的動詞歸類為「不需要受詞的動詞」。只有需要受詞的動詞會放在「需要受詞的動詞」清單之中。

如果是「需要受詞的動詞」，就會像「**get it**」、「**have it**」這樣以動詞詞組的方式套用模組練習。等待比較習慣之後，再把「**it**」用「**my bag**」或「**this camera**」替換看看。

另外，「**tell** 人」、「**show** 人」這種連接「人」動詞，可以把「人」自由替換成「**me / you / us / them / him / her**」。

練習造短句的時候，盡可能地多嘗試不同類型。譬如說——

● I told him.

● He told me.

● She's not going to tell him.

● We're not going to tell them.

主詞為 It 才會使用的動詞

以「**It**」為主詞的例句，我們用過「**rain**」、「**snow**」，但是除此之外也可用在其他狀況。用法也和「**rain**」、「**snow**」完全相同。譬如——

● It's raining.（正在下雨。）

這個用法也可以換成——

● It's selling.（熱賣中）

● **It's not going to snow.**（應該不會下雪。）

這個用法也可以換成——

● **It's not going to break.**（應該不會壞。）

動詞詞組表的使用方法

有「人」的動詞，一定要加上人的受詞

　　雖然有很多種類，但是我們都要用「詞組」的方式背起來。有幾個要注意的重點。

　　首先，在短句之中，如果有標註「人」就一定要加上人物。反之，沒有「人」的話就不能加入人物。

　　譬如說——

marry 人
和～結婚

get married
結婚

「**marry**」這個動詞後面一定會加上「人」。表示「和某人結婚」的意思。想說「我下禮拜結婚」的時候——

✕ I'm going to marry next week.

這樣說就會變成「我要和一個叫做下禮拜的人結婚」，所以一定要特別注意！還有，大家都知道「**Will you marry me?**」這句話，其中不需要「**with**」也不需要「**to**」。

反之，不提及對象的時候就會用「**get married**」。如果加上受詞變成「**get married him**」就是錯誤的用法。

像（**with** 人）這樣放在括號裡面的話，就表示有沒有加上人物都無所謂。譬如說「外遇」這個詞的詞組是——

cheat（**on** 男女朋友）（**with** 外遇對象）

因此，有沒有加上（**on** 男女朋友）或（**with** 外遇對象）都無所謂。

- **He cheated.**（他外遇了。）
- **He cheated <u>on me</u>.**（他背叛我外遇了。）
- **He cheated <u>with her</u>.**（他和她搞外遇。）
- **He cheated <u>on me</u> <u>with her</u>.**（他背叛我，和她女搞外遇。）

這些說法都正確。

被動式要以「詞組」的方式直接背起來

如果只用文法思考被動式，造句就會變得又困難又麻煩。

動詞要改成過去分詞，加上 **get** 或 **be**，然後消除受詞……一一思考這些東西實在太麻煩，所以請以「詞組」的方式背起來。譬如說「被革職」「升遷」「調職、轉職」其實都是被動句，只要記住詞組——

- **get fired**
- **get promoted**
- **get transferred**

這樣就會非常輕鬆。

請看「戀愛」用語的最後一欄（98 頁的 **get asked out** 之後）。這裡全部都是被動式。有些可能是 **on** 或 **to** 結尾，但是沒有寫到「人」，所以後面不會出現「人」。被動式用前置詞當作結束很正常，我們可以慢慢習慣這種用法。

用連字號連接的動詞要視為一個單字

沒有連字號連接的動詞詞組，第一個單字有時候會改成過去式或加上「**s**」對吧。譬如「**go home**」就會改成「**went home**」、「**goes home**」。

不過，如果是用連字號連接的話，就要視為一個單字。譬如說「腳踏兩條船」的用法是「**two-time** 人」，過去式不是「**twoed-time**」而是「**two-timed**」，會在 time 的後面加上「**ed**」。動詞後面加「**s**」也一樣，不是「**twos-time**」而是「**two-times**」。

到目前為止增加很多內容對吧！請把這些內容套入時態的框架，沿著英語的思考迴路，不斷練習英語吧！

Chapter 3

使用「形容詞」的句子也要
能馬上說出口

嘗試造出使用「形容詞」的句子

　　截至目前為止我們用的都是動詞的時態框架。接著就來看看形容詞的時態框架吧！

　　形容詞有不同的框架。**A4** 表格的背面就是形容詞的框架，請翻開背面吧。形容詞需要「**be** 動詞」。而「**be** 動詞」的用法和其他動詞不同對吧？

　　不過，我們只要按照這個形容詞的框架造句即可。除此之外，我們也來看看以下的幾個重點的細節。

　　「平時的狀態」和「現在」的事情都使用現在式，「**be**動詞」基本上沒有進行式。「平時的狀態」和「現在」的事情都是一樣的表達方式。不過其中也有例外，之後會再說明。

　　譬如說——

I'm Japanese.
我是日本人。

和

I'm hungry.
我肚子餓。

我們來看看這兩個例子。

這並不代表「只有今天是日本人」對吧？「我是日人」屬於「平時的狀態」。

另一方面，「我肚子餓」指的是「現在的事情」對吧？

「**I'm Japanese.**」屬於「平時的狀態」、雖然和「**I'm hungry.**」的「現在進行式」時態不同，但一樣都用「**I'm ～**」這個句型。

同理，「平時很忙」和「現在很忙」一樣也都是——

I'm busy.

兩種狀況說法都一樣，所以很簡單對吧！

其他只要把「**I'm**」換成「**You're**」、「**We're**」、「**They're**」、「**He's**」、「**She's**」、「**It's**」即可。譬如說以下的例句——

● He's busy.（他很忙。）

● Is she angry?（她在生氣嗎？）

● It's not crowded.（路上沒塞車喔！）

順帶一提，使用「**It**」的句子，要從「**It** 為主詞的形容詞」當中選擇。

表達「未來」的時候呢？

表達「未來」的時候，和動詞的框架一樣，會用「**I'm going to**」再加上「**be** ＋形容詞」。

「我接下來會很忙」——

I'm going to <u>be busy.</u>

不要忘記加入「**be**」。

這裡也可以把「**I'm**」換成「**You're**」、「**We're**」、「**They're**」、「**He's**」、「**She's**」、「**It's**」。

譬如說，像以下的例句——

● He's going to be surprised.（他應該會很驚訝。）

● She's not going to be angry.（她應該不會生氣。）

● Is it going to be sunny tomorrow?（明天會放晴嗎？）

表達「過去」的時候呢？

「平時的狀態」、「現在進行」、「未來」這幾個時態很簡單。這些句子都用「**I'm**」開頭，所以換成「**You're**」、「**He's**」也相同。

只有過去式不太一樣。過去式也只要按照表格上的用法盡量造句卽可，不過這裡先確認幾個重點。

be 動詞的過去式會因爲主詞不同，會變成 **was** 或 **were**。

● I、He、She、it　為主詞時用　was

● You、We、They　為主詞時用　were

be 動詞變成進行式「**I'm being**」的「例外形容詞」，有些形容詞的 **be** 動詞會變成進行式「**I'm being**」。這會根據形容詞不同而改變。

譬如說「我肚子餓」是「現在進行的狀態」，卻會說——

I'm hungry.

對吧？但是絕對不會說——

I'm being hungry.

在英語當中的「我平常很忙」——

I'm busy.

「我現在很忙」——

I'm busy.

說法都一樣，不會區分兩種狀態。不過，這也有例外。譬如說「kind」和「lazy」是例外的形容詞，表達「現在進行的狀態」就會用「I'm being...」變成 be 動詞的進行式。

He's kind.
他是一個溫柔的人（平時的狀態）

He's being kind.
他現在對我很溫柔。（ 現在 ）

I'm lazy.
我很懶惰。（ 平時的狀態 ）

I'm being lazy.
我今天很懶惰、今天偷懶 （ 現在 ）

　　那麼像這樣「be 動詞會變成進行式的例外」有哪些形容詞呢？其實我以前就知道有這種形容詞，但是一直不知道法則。

　　不過，當我在收集「尼克式英語會話練功房」這款 APP 的資料時有了新發現。會變成進行式的形容詞，都屬於「個性」的範疇。

　　請看 A4 表格上形容詞類別那一欄。只有「個性」那一欄有框起來對吧。而且標註「現在進行的狀態 」為「 I'm being 〜」。

　　其他欄位「平時的狀態 」和「現在進行的狀態 」都用「 I'm 〜」，唯獨「個性」那一欄的形容詞在「平時的狀態 」

為「**I'm ～**」，「現在進行的狀態」為「**I'm being ～**」分成兩種。譬如說——

I'm careful.
我平時都很小心。（ 小心謹慎的人 ）

I'm being careful.
我現在很小心。

She's selfish.
她很自私。

She's being selfish.
她正在說一些自私的話。（ 今天很自私 ）

He's stupid.
（ 他很笨 ）

He's being stupid.
他正在說一些傻話。（ 現在正在做傻事。 ）

You're naive.

你太天真了。

You're being naive.

你把現在打算做的事情想得太天真了。

　　只要像這樣套用各種形容詞練習就可以了！大量增加不同的表達方式吧！另外，要注意除此之外的形容詞不會使用進行式喔。

形容詞表

狀態	
hungry	很餓
full	很飽
thirsty	很渴
sick	生病、感冒
drunk	喝醉
tired	疲累
busy	忙碌
late	慢、遲到
ready	準備
lost	迷路
up	起身的狀態
awake	醒著
asleep	睡著
sleepy	想睡
young	年輕
old	年老
tall	高
short	矮
beautiful	漂亮、美麗
married	結婚的
single	單身
pregnant	懷孕的
American	美國人
Japanese	日本人

情緒	
angry	憤怒
happy	開心、幸福、歡喜
sad	傷心
jealous	羨慕、嫉妒
nervous	緊張
worried	擔心
scared	害怕
excited	興奮
bored	無聊
stressed	累積壓力
shocked	震驚
surprised	驚訝
embarrassed	尷尬
disappointed	失望

個性	
smart	聰明
stupid	笨
honest	誠實
confident	有自信
cheerful	開朗
laidback	慵懶
uptight	焦慮

selfish	自私
funny	有趣（搞笑）
interesting	有趣（饒富趣味）
kind	溫柔
mean	刻薄
rude	失禮
cheap	小氣
lazy	懶惰
diligent	認真
thoughtful	機靈、體貼
careful	仔細
positive	積極
negative	消極
naive	涉世未深、天真、青澀

非人的「It」為主詞	
crowded	擁擠的
quiet	安靜的
noisy	吵雜的
lively	熱鬧的
dirty	髒的
clean	乾淨的
important	重要的
scary	可怕的
boring	無聊的
shocking	震驚的
exciting	令人興奮的
embarrassing	尷尬的

stressful	有壓力的
humid	潮濕的
dry	乾燥的
sunny	晴朗
cloudy	陰天
windy	風很大

Chapter 3

不要配合日語的句子，
只要在形容詞加上 be 就 OK！

　　這裡稍微談一下有關形容詞的重點。那就是「形容詞只要用 **be** 就好」。

　　譬如說——「不要說失禮的話！」「不要做失禮的事！」「不要用這種失禮的態度！」都只要這樣說就好——

Don't be rude.

　　這些句子如果忠實地翻譯就會變成——

- ● ✕　**Don't say rude things.**（不要說失禮的話！）
- ● ✕　**Don't do rude things.**（不要做失禮的事！）
- ● ✕　**Don't have a rude attitude.**（不要用這種失禮的態度！）

但是母語者不會這樣說，而是會說「**Don't be rude.**」。
像這樣「形容詞只要用 **be** 就好」的思考很重要。

我再舉另外一個例子。

「她很悲觀」要怎麼說呢？「她正在說一些很悲觀的話」
要怎麼說呢？「她的想法很悲觀」要怎麼說呢？

這些情形都只要這樣說就好——

She's being negative.

馬上就想到這個說法的人，可以說已經抓到用英語思考的
感覺了！

無論是「很悲觀」、「說悲觀的話」「悲觀的想法」，母語
者都會用「**She's being negative.**」。這樣一句話就能表達
了。

還沒有擺脫原生語言思考的人應該會這樣說——

- ● ✕ **She's saying negative things.**（她正在說一些很
  悲觀的話）
- ● ✕ **She's thinking in a negative way.**（她的想法很
  悲觀）

在文法上雖然這樣說也沒錯，但是除了表達方式很複雜之外也很不自然，所以母語者之間的對話中幾乎不會用到。

母語者只會想到「形容詞就用 **be**」，所以會說出「**She's being negative.**」這樣的句子。這樣更簡單而且自然，簡直是一石二鳥。

如此一來，你就能夠造出一個「單句」。這將成為「英語腦」的基礎。只要學會這一招，接下來就很簡單了！從 **Chapter 4** 開始，我將介紹添加在單句前、後的詞組，還有連接單句和單句的方法。

Chapter 4

在短句左側加入不同說法，
就能夠培養熟練的對話

在之前完成的句子中
稍微加一點料吧

　　只要在短句的左側加入「詞組」即可！

　　只要在句子前面加上兩、三個單字，就能用很棒的英語句表達想到或感受到的事情。前面我們用零件 **A** 和 **B** 練習造出短句，現在只要在句子的左側加上「零件 **C**」即可。

　　譬如說「下雨了，真可惜」這一句話就可以說──

It's too bad it's raning.

It's raining.
現在下著雨。

　　只要在這句話的句首加上下面這樣的詞組即可。

It's too bad（真可惜）

用困難的文法原理來解釋的話，添加的部分稱為「It's too bad＋that子句」。

「that子句」的型態就是「that＋單句」，句型結構就是 It's too bad＋that＋單句。

「that子句」的「that」任何時候都可以省略。雖然有時候會說「that」文法上也非常正確，只是大部分都會省略。

因此，使用「It's too bad＋單句」這樣簡單的表達方式即可。

「**It's raining.**」也一樣，我們試著在句子前面加上其他詞組。對「**It's raining.**」有什麼樣的心情，就可以加在句子的前方。

譬如說「下雨真是太好了」要麼說呢？

I'm glad + it's raining.

I'm glad it's raining.

「竟然下雨，實在令人不可置信」要怎麼說呢？

I can't believe + it's raining.

I can't believe it's raining.

「又不是說正在下雨」要怎麼說呢？

It's not like + it's raining.

It's not like it's raining.

嘗試掌握時態

接下來我們看看其他的例子。區分時態非常重要！

譬如說「下雨了，真可惜」會說——

It's too bad it rainrd.

首先看零件 **A** 和 **B**。因爲是之前就開始下雨，所以用過去式──

It rained.
下雨了。

接著對這個狀態感到「可惜」，所以在句子前面加上「**It's too bad**」，就會變成這樣的句子──

It's too bad + it rained.

It's too bad it rained.

既然如此，「感覺要下雨了，眞令人擔心」會怎麼說呢？正確答案是──

I'm worried it's going to rain.

因爲是擔心接下來會下雨，所以時態是「未來」──

It's going to rain.
好像會下雨。

然後在句子開頭加上「**I'm worried**」，變成──

I'm worried it's going to rain.

⬇

I'm worried it's going to rain.

有掌握到訣竅了嗎？

添加在句首的詞組不需要配合後面的時態

經常有人誤會的是「**It rained.**」為過去式，所以加在句子前方的詞組也要配合改成「**It was too bad**」、「**I was glad**」。其實，你完全不需要這麼做。

雖然「下雨」是過去的事情，但是「覺得可惜」是現在的心情，所以直接說「**It's too bad.**」就好。

同理，接下來「好像會下雨」雖然是未來的事情，但是對這件事感到「擔心」是現在的事情，所以直接用「**I'm worried**」即可。不需要想太多，只要直接使用零件 **C** 的詞組就好。

「我覺得他們分手了」也一樣──

I have a feeling + they broke up.

不過，「分手了」是過去的事情，所以用過去式「**they broke up.**」不過，「覺得」不是過去的事情，所以不需要改成過去式。

那麼「因為沒能升遷，讓我很生氣」要怎麼說呢？

I'm angry + I didn't get promoted.

「沒能升遷」是過去的事情所以用過去式「**I didn't get promoted.**」。然而，「生氣」是「現在的狀態」，所以不用改成過去式，直接用「**I'm angry**」即可。

小心不要因為被原生語言影響而搞錯時態！

譬如說中文在說「竟然～真是不可置信」的時候，即便是過去的事情也經常不會用過去式對吧？

比方說「你昨天竟然沒來，真是不可置信」這句話。

因為是「昨日」的事當然屬於過去式，但中文大多會用「沒來」現在式表達。中文可以這樣用，但是用英語表達過去的事情一定要用過去式。

You didn't come.
你沒來。

在這個過去式的句子前面加上——

I can't believe
不可置信

就會變成——

I can't believe you didn't come.

我們經常犯的錯誤，就是因為中文用現在式，所以英語也受到影響，讓英語的句子也變成現在式了。

✕　I can't believe you don't come.

英語的現在式表達的是「平時的習慣」、「經常做的事情」所以 **I can't believe you don't come.** 指的是「你竟然總是不來，真是不可置信」的意思。

兩者之間的意義差很多對吧。對方或許會回應：「我平常都有來啊！只有昨天沒來而已吧！你為什麼要把我說成這

樣？」引此導致雙方雞同鴨講，演變成不可收拾的問題。

我們再來看別的例子。

譬如說，有一對情侶分手，中文會用過去式，「他們兩個已經分手了，真是令人不可置信」，但也經常用非過去式「他們兩個居然分手了，真是令人不可置信」來表達已經過去的事情。英語的話一定會用過去式。

They broke up.
他們分手了。

在這種過去式的句子上，添加——

I can't believe

變成——

I can't believe + they broke up.

I can't believe hey broke up.

常見的錯誤就是中文用現在式，所以英語也受到影響變成現在式——

✗　I can't believe the break up.

中文有時會用「現在式」表達未來發生的事。譬如說，「明天他會來」、「明年要結婚」這些句子都看不出來屬於「未來式」對吧。「明天」、「明年」這些單字可以判別指稱未來，但是「他會來」、「結婚」就文法來說屬於「現在式」。

當然，以中文來說的話這樣沒有錯，但是說英語的時候往往會受影響，導致用「現在式」指稱「未來的事情」。

譬如說——

● 有一對情侶似乎快要分手＝「感覺他們會分手」
● 有一對情侶已經分手＝「他們會分手真是令人不可置信」

前者指稱未來的事情，後者指稱過去的事情，但是都用「他們會分手」這個句型。中文會像這樣，用一樣的句型來指稱過去和未來發生的事情，所以請不要被影響了。

● **NG** 的思考方式：「因為是『分手』所以用現在式！」
● 正確的思考方式：「這是已經發生的事情，所以用過去式」、「這是未來將要發生的事情，所以用未來式」

　　從原生語言思考最容易帶來不良影響。拚命迎合中文的句子，反而會錯誤百出。不要去翻譯中文，一開始就用英語造句的話，你就會馬上感覺輕鬆不少。

　　以我在日本教英語二十二年的經驗來說，只要徹底學會 **Chapter 1 ～ 3** 的「單句」造句的方法，接下來只要在句子前面加上「**I can't believe**」等詞組即可。這個方式最不容易受到日語影響，也是說出正確英語的捷徑。

　　那我們就來試試看吧。我們先造出「句子」，接著再加上「**I'm glad**」等詞組。譬如想說「明天她會來，真是太好了」的時候，要先造出「明天她會來」這個句子。

Q.「明天他會來」要怎麼說？

時態是什麼？ ----------------- 未來

肯定？否定？疑問？ --------- 肯定

所以英語要怎麼說呢？ -------**She's going to come tomorrow.**

接著在句子前面加上「**I'm glad**」，變成——

I'm glad she's going to come tomorrow.

好，各位也來思考看看吧！假設有個工作能力不佳的同事被革職了，你想說「難怪他會被革職」的時候該怎麼表達呢？

因為「他已經被革職了」，所以句子如下——

Q.「他已經被革職了」要怎麼說？

時態是什麼？ ----------------- 過去

肯定？否定？疑問？ --------- 肯定

所以英語要怎麼說呢？ ------- **He got fired.**

然後在句首加上「**It's no wonder**」變成——

It's no wonder he got fired.

即便是過去的事情，中文也經常會用現在式「他被革職」來表達，但是說英語的時候不要被影響，既然已經發生就要用過去式。

「他們沒贏，我很驚訝」要怎麼說呢？中文的說法「沒贏」當中並不包含時態，但是從內容判斷應該是「過去」的事情。所以要先造出「他們沒贏」這個句子。

Q.「他們沒贏」 要怎麼說呢？

時態是什麼？ ----------------- 過去

否定？肯定？疑問？ --------- 否定

所以英語要怎麼說呢？ ------- **They didn't win.**

然後在句子開頭加上「**I'm surprised**」，變成──

I'm surprised they didn't win.

就按照這個步調，繼續練習吧！「明天會下雨，真可惜」這個時候要怎麼說呢？中文當中的「下雨」並未包含時態的資訊，不過有提到「明天」所以指的是「未來的事情」。

Q.「明天會下雨」要怎麼說呢？

時態是什麼？------------------未來

肯定？否定？疑問？---------肯定

所以英語要怎麼說呢？-------It's going to rain
　　　　　　　　　　　　　　　tomorrow.

接下來只要在句首加上「**It's too bad**」即可。

It's too bad it's going to rain tomorrow.

想說「倒也不是完全不做菜」的時候怎麼辦呢？請試著思考看看，首先要造哪一個短句？怎麼樣？完成了嗎？

正確答案如下——

Q.「完全不做菜」要怎麼說？

時態是什麼？------------------ 平時的狀態

肯定？否定？疑問？---------- 否定

所以英語要怎麼說呢？------ **I don't cook.**

接下來只要在句首加上「**It's not like**」，變成——

It's not like I don't cook.

以現在式表達未來的說法 「I hope, I bet, What if」

把「**I hope, I bet, What if**」加入動詞短句,從表格中的零件 **C**「**I'm glad**」到「**I'm worried**」全部都套用過一次。

● 平時的狀態用「現在式」

● 現在進行中的狀態用「進行式」

● 過去的事情用「過去式」

● 未來的事情用「未來式」

不過,很注重時態的英語,也會有例外的表達方式。表格中有一欄「以現在式表達未來的句型」,我們來看看以下的詞組——

● **I hope** 我希望~

● **I bet** 一定會~

● What if　如果是～的話怎麼辦？

這些詞組無論是平時的狀態‧現在進行‧過去時態用法都一樣，只有未來例外，零件 **A** 和 **B** 組成的句子會保留現在式。

我們來比較看看「**I'm glad**」和「**I hope**」。

「**I'm glad**」不屬於例外詞組，所以和平常一樣──

- ● 平時的狀態用「現在式」
- ● 現在進行中的狀態用「進行式」
- ● 過去的事情用「過去式」
- ● 未來的事情用「未來式」

然而，**I hope** 是例外的詞組，所以會用現在式表達未來的事情。

- ● 平時的狀態用「現在式」
- ● 現在進行中的狀態用「進行式」
- ● 過去的事情用「過去式」

到目前為止都和「**I'm glad**」一樣，按照平常的方式區分時態，不過──

● 未來的事情用「現在式」

我們來看看例句。首先,「**I'm glad**」使用一般的時態。

● **I'm glad she lives in Tokyo.**（她住在東京真是太好了）平時的狀態　→ 現在式

● **I'm glad he's being kind.**（他很溫柔真是太好了）現在進行中　→ 進行式

● **I'm glad they didn't get in trouble.**（他們沒有被罵真是太好了）過去　→ 過去式

● **I'm glad we're going to get a bonus.**（下次能拿到獎金真是太好了）未來　→ 未來式

另一方面,**I hope** 則是像這樣——

● **I hope she lives in Tokyo.**（我希望她住在東京）平時的狀態　→ 現在式

● **I hope he's being kind.**（我希望他很溫柔）現在進行中　→ 進行式

● **I hope they didn't get in trouble.**（我希望他們沒有被罵）過去　→ 過去式

● I hope we get a bonus.（我希望可以拿到獎金）未來

　　→ 現在式

　　如同剛才的例子，「平時的狀態」、「現在進行」、「過去」的用法沒有例外，「I'm glad」的句子也會出現在「I hope」之後，唯獨「未來的事情」是例外。一樣都指稱未來的事情，但是「I'm glad」會搭配「We're going to get a bonus.」這種未來式的句子，而「I hope」則是搭配「We get a bonus.」這種現在式的句子。我們來看以下幾個例句吧。

　　「我希望他會來」當中的「他會來」是未來的事情，但是在「I hope」後面會使用「He comes.」這樣的現在式句子。

I hope he comes.

　　「一定會下雨」當中的「會下雨」是未來的事情，但是在「I bet」後面會使用「It rains.」這種現在式的句子。

I bet it rains.

　　「我希望他不會來」當中，「他不會來」是未來的事情，但是在「I hope」後面會使用「He doesn't come.」這種現

在式的句子。

I hope he doesn't come.

「我希望不會下雨」是指稱未來事情，卻會使用現在式的句子。

I hope it doesn't rain.

「他們一定會分手」指的是未來的事情，但是會像這樣——

I bet they break up.

因為接在「I bet」後面，所以用「They break up.」這種現在式的句子。

「他們一定會遲到」指的是未來的事情，但是會像這樣——

I bet they're late.

因爲接在「I bet」之後，所以沒有用未來式「They're going to be late.」而是用現在式「They're late.」

「我們如果沒拿到薪水怎麼辦？」指的是未來的事情，但是因爲接在「What if」之後，所以用現在式「We don't get paid.」

What if we don't get paid.

「如果被他知道怎麼辦！」這是在擔心未來的事情，但是因爲接在「What if」之後，所以用現在式「He finds out.」

What if he finds out?

「如果壞掉怎麼辦？」雖然擔心的是未來的事，但是會像這樣使用現在式。

What if it breaks?

在「I hope, I bet, What if」加入形容詞短句

　　接著我們來看看形容詞的例句，除了「個性」那一欄以外的形容詞，無論是「平時的狀態」還是「現在進行」都是用現在式。

　　接在「**I hope**」、「**I bet**」、「**What if**」之後，未來的事情也會用現在式表達，所以「平時的狀態」、「現在進行」、「未來」用法都一樣。譬如說——

　　「我希望他平時不要這麼忙」——

I hope he's not buzy.

　　「我希望他現在不要這麼忙」——

I hope he's not buzy.

　　「我希望他以後不要這麼忙」——

I hope he's not buzy.

　　全部都用「**He's not busy.**」即可。

「I hope」和「I bet」通常會用現在式表達未來的事情，但有時候也會用未來式。

我截至目前為止分析了四百多部電影和電視劇的劇本，發現針對未來的事情使用「I hope」和「I bet」句型時，有八成是現在式、二成是未來式。

然而，一旦開始思考「有沒有用現在式到底有什麼不同？」這個問題之後，反而會讓造句變得複雜，甚至什麼都說不出來，所以我都教學生「使用I hope, I bet的時候就用現在式」。

順帶一提，「**what if**」還有在 **Chapter 5** 會學到的「**if**」、「**when**」、「**before**」、「**after**」、「**until**」一定會用現在式表達未來的事情，所以請各位特別注意。

混合各種時態練習看看

我們已經看過用現在式表達未來的例句，但是除了未來的事情以外仍然保持原本的時態區分方式。「平時的狀態」用現在式，「現在進行中」用現在式，「過去的事情」用過去式。

「我希望他有車」——因爲是平時的狀態所以用現在式。

I hope he has a car.

「我希望昨天沒有被她罵」——因爲是過去的事情所以用過去式。

I hope she didn't get in trouble yesterday.

「他一定沒去」——因爲是過去的事情所以用過去式。

I bet he didn't go.

「他們一定正在喝酒」——因爲是現在進行中的狀態所以用現在進行式。

I bet they're drinking.

「如果他不喜歡狗怎麼辦」——因爲是平時的狀態所以用現在式。

What if he doesn't like dogs?

「如果他們分手怎麼辦？」——因為是過去的事情所以用過
去式。

What if they broke up?

為了習慣一般和例外的用法，請大量造句並且說出來！表
格的零件 C 也要多多練習。比起「會不會說」更重要的是「能
不能遊刃有餘」，請持續練習到連說夢話都會脫口而出的程度
吧！

Chapter 5

透過「連結句子的不同說法」
達到母語等級的英語能力

只要連接短句，就能輕鬆完成長句

　　只要能用零件 **A** 和零件 **C** 造出「單句」，接下來只要造出兩個句子，然後再把兩個句子連接起來，就能夠表達複雜的內容了。在 **Section 1** 的章節中，我們會看到單純連接句子與句子的方式。

　　請見附件 **A4** 表格上的零件 **C**。我們先用 **but**、**because**、**so** 來連接句子吧！

　　前後的句子都會是一般的時態，所以我們用之前學到的原理造句即可。「平時的狀態」用現在式，「現在進行中」用現在式，「過去的事情」用過去式，「未來的事情」用未來式。

　　我們先用序章出現過的（31 頁）例句來練習吧。譬如「我們曾經分手，但之後會復合」這句話就可以說——

We broke up but we're going to get back together.

因為「曾經分手」是過去的事情，所以用過去式——

We broke up.

而「之後會復合」是未來的事情，所以用未來式——

We're going to get back together.

接下來只要用「**but**」連接兩個句子即可。

那麼「因為已經達成目標，所以之後應該會升遷」這句話要怎麼說呢？句子會變成這樣——

I'm going to get promoted because I hit my target.

因為「應該會升遷」是未來的事情，所以用未來式——

I'm going to get promoted.

而「已經達成目標」是過去的事情，所以用過去式——

I hit my target.

接下來只要用「**because**」連接兩個句子即可。者兩個句子都只要用一般的時態造句，再連接起來即可，所以非常簡單。

容易錯誤的 because 與 so 的不同用法

使用「**but**、**because**、**so**」連接是非常簡單的句型，唯一容易出錯的是「**because**」和「**so**」的區隔。

because 之後會接「理由」、「原因」。表示「因為」的意思。

so 之後會接「結果」、「結論」。表示「所以」、「因此」的意思。

請看以下兩個例句。

I got in touble because I was late.

I was late so I got in trouble.

如同上述兩個例句，只要句子順序對調「**because**」和「**so**」都是一樣的意思。只要注意句子之間的順序，用哪一個句型都可以。

但是中文經常把這兩個句型用反了。這是因爲在造句的時候，大腦裡把 **because** 翻譯成「所以」了。

譬如表達「他拋棄了我，所以我哭了」的時候這樣說就錯了──

×　**He dumped me because I cried.**

這個句子的意思會變成「因爲我哭了，所以他拋棄我」。

這個句子會讓我腦中浮現「不要再哭了！給我滾出去！」這種小劇場 （笑）。這個男朋友未免也太無情了吧？

正確的說法是──

○　**He dumped me so I cried.**

這裡不能用 **because**，而是要用 **so**。

如果用中文思考的話，就會像這樣搞混因果關係，譯出奇怪的句子。

because 後面接理由，**so** 後面接的是結果。請發出聲音大量練習，直到習慣為止。

　　隨機造句會讓你漸漸習慣各種不同的說法喔！

用現在式表達未來 if, when, before, after, until

Chapter 4 的「**I hope**」「**I bet**」「**What if**」（137頁）會用現在式表達未來的事情對吧！連接句子的「**if**」「**when**」「**before**」「**after**」「**unti**l」也是一樣的用法。

「平時的狀態」用現在式，「現在進行中」用進行式，「過去的事情」用過去式，只有「未來的事情」例外用現在式。因為和「**I hope**」「**I bet**」「**What if**」的用法一樣，所以都放在表格上的零件 **C** 那一欄。

能正確使用「**I hope**」的人，應該能不費吹灰之力掌握「**if**」「**when**」「**before**」「**after**」「**until**」的用法。不過，這裡有一個陷阱，就是「受中文語感影響」。

如果之前說明過的，不要從原生語言出發，而是按照英語的原理判斷內容確實區分時態，造句並不困難，但是仍然有很多人會因為受原生語言影響而出錯。

通常母語者不會特別帶著意識說母語，譬如說，各位知道有時候中文會用過去式表達「未來的事情」嗎？

例如，明天等他到了再說。「明天」當然是未來的事情，但是你有發現「他到了」這句話是過去式（已完成）嗎？

同樣，「明天下班後，我要去喝一杯。」也是一樣的情況。「明天」當然是指未來的事情，但「等下班後」代表了「下班」這件事已經完成了，因爲中文不會說「下班時會去喝一杯」對吧？

你知道「做某事之前」和「直到做某事爲止」即便是「過去的事情」日語也絕對不會用過去式嗎？

譬如說：「昨天睡覺前有刷牙」，因爲是「昨天」所以當然是表達過去的事情，但是中文絕對不會用「昨天睡覺了之前刷牙」這種過去式的句子。一定會用現在式「昨天睡前有刷牙」。然而，說英語的時候，過去的事情一定要用過去式。

相同地，「我昨天一直等到他來」，「昨天」當然是過去的事情，但是中文絕對不會說「等他直到他來爲止」。即便是

過去的事情，也一定會用現在式「一直等他來」表達。然而，說英語的時候，過去的事情一定要用過去式。

之後我會再詳細說明，日語或中文有它的原理，我絕對不是在批評日語或中文很奇怪喔！因為英語和中文之間有這樣的差異，所以造英語的句子時絕對不能從中文的角度去思考。

譬如說——

× Let's talk about it **when** he ~~came~~ tomorrow.
× I'm going to go drinking **after** I ~~finished~~ work tomorrow.
× I brushed my teeth **before** I ~~go~~ to bed yesterday.
× I waited **until** he ~~comes~~ yesterday.

真的很多人會犯這樣的錯誤。因為從中文的角度思考，所以英語的時態才會變得很奇怪。

正確的說法如下——

○ Let's talk about it **when** fe <u>comes</u> tomorrow.
○ I'm going to go drinking **after** I <u>finish</u> work tomorrow.

（**if** ／ **when** ／ **before** ／ **after** ／ **until** 後面的句子是未來的事情，但用現在式表達。）

○ **I brushed my teeth** **before** **I** **went** **to bed yesterday.**

○ **I waited** **until** **he** **came** **yesterday.**

（**if** ／ **when** ／ **before** ／ **after** ／ **until** 後面的句子是過去的事情，所以用過去式表達。）

短句的時態組合通常只有三個模式

剛才的說明有點複雜對吧。不過，請你放心。只要用 **A4** 表格，不需要思考原理也能輕鬆掌握說英語的感覺！這裡只是想告訴大家，如果中文思考英語，就會以很多人被英語和中文之間的差異影響，造出錯誤的句子。

A4 的零件 **C** 有下圖的欄位對吧？請試著按照這個框架發出聲音練習。

平時的狀態	→	現	if when before after until	現
未來的事情	→	未		現
過去的事情	→	過		過

「**but**」、「**because**」、「**so**」前後連接的句子時態不同很正常。

另一方面，「**if**」、「**when**」、「**before**」、「**after**」、「**until**」雖然也有例外，但大致都是——

● 左邊的句子是「平時的狀態」，右邊的句子也會是「平時的狀態」
● 左邊的句子是「未來的事情」，右邊的句子也會是「未來的事情」（但是用現在式表達）
● 左邊的句子是「過去的事情」，右邊的句子也會是「過去的事情」

總共會有以上三大類型。因此，必須要先決定「時態」，之後可以系統化——

● 如果是「平時的狀態」，左邊的句子用現在式，右邊的句子也用現在式
● 如果是「未來的事情」，左邊的句子用未來式，右邊的句子用現在式
● 如果是「過去的事情」，左邊的句子用過去式，右邊的句子也用過去式

用這樣的邏輯思考最正確。只有表達未來的時候，右邊的句子會變成現在式，所以要特別注意。

平時的狀態會是「現在式·現在式」、過去的事情會是「過去式·過去式」大部分的狀況下，左右兩側的句子會是相同時態。不要被「英語的文法眞不可思議，竟然用現在式表達未來的事情」影響或者被日語的表達方式牽著走，卽便捨棄少數的例外狀況，這樣簡單的思考方式仍然很有價值。

因爲只要有概念，卽便身邊沒有老師，仍然能掌握正確說英語的感覺，這就是最大的優點。自己練習英語的時候，身邊不一定有老師，所以一個人練習的時候很有可能會出錯。錯誤的練習會養成錯誤的習慣，最好掌握正確概念之後再練習。

接下來就實際使用表格，回答接下來的問題，藉此掌握說英語的感覺吧！

Q. 「我會等到他來為止」要怎麼說？

時態是什麼？ ------------------未來

兩個句子的時態是什麼？----左：未來式、右：現在式

所以英語要怎麼說呢？-------**I'm going to wait until he comes.**

Q. 「我一直等到他來」要怎麼說？

時態是什麼？ ----------------- 過去

兩個句子的時態是什麼？ ---- 左：過去式、右：過去式

所以英語要怎麼說呢？ ------- **I waited until he came.**

　　中文無論是未來或過去都用「他來爲止」，說法都一樣，感覺是用前後的句子決定時態。

Q. 「我在下雨前就回家了」要怎麼說呢？

時態是什麼？ ----------------- 過去

兩個句子的時態是什麼？ ---- 左：過去式、右：過去式

所以英語要怎麼說呢？ -------**I went home before it rained.**

　　這一題你有沒有想成——

× I went home before it rains.

　　這個是錯誤的句子喔。小心不要被「下雨」的狀態是現在式，讓 **before** 之後的句子變成 **it rains.** 「在下雨前回家」兩個句子都是過去式喔。

Q.「 我要在下雨前回家 」 要怎麼說呢？

時態是什麼？ ------------------ 未來

兩個句子的時態是什麼？ ---- 左：未來式、右：現在式

所以英語要怎麼說呢？-------**I'm going to go home**

before **it rains.**

中文無論是未來還是過去的事，都會用現在式「下雨之前」表達。僅靠前後面的句子顯示時態。

Q.「 早回家的時候會煮晚餐 」 要怎麼說呢？

時態是什麼？ ------------------ 平時的狀態

兩個句子的時態是什麼？ ---- 左：現在式、右：現在式

所以英語要怎麼說呢？ ------- **I make dinner when I go**

home early.

「煮晚餐」句話指的是平時的狀態、習慣所以用現在式，。小心不要被這種現在進行式句型影響喔。

Q.「 沒下雨的話，我要去海邊 」 要怎麼說呢？

時態是什麼？ ------------------ 未來

兩個句子的時態是什麼？ ---- 左：未來式、右：現在式

所以英語要怎麼說呢？ ------- **I'm going to go to the**

beach if it doesn't rain.

Q. 「我在被罵前回家了」要怎麼說呢？

時態是什麼？ ------------------過去

兩個句子的時態是什麼？ ----左：過去式、右：過去式

所以英語要怎麼說呢？ -------**I went home before I got in trouble.**

順帶一提，這句話有一個很重要的關鍵。在被罵之前回家，就表示沒有罵，但是仍然用過去式「**I got in trouble.**（被罵了）」。這有兩點很難克服。

一是整句話想傳達的是過去的事情，二是最後明明沒被罵，英語卻用過去式「**I got in trouble.**」表達。所以即便最後沒有發生，英語也會用過去式。

同理，「在搬到東京前，我住在大阪」就會變成──

I lived in Osaka before I lived in Tokyo.

現在仍住在東京，也會用過去式「**I lived in Tokyo.**」表達對吧。

從這些例子思考，最有效的方法就是養成「左邊的句子是過去式，右邊的句子也會是過去式」的系統化思考。

因爲是「過去的事情」所以「左邊的句子是過去式,右邊的句子也會是過去式」,請按照這樣的框架思考。

以隨機挑選的方式學會連接的方法

　　那麼，我們一邊回顧前面學過的內容，隨機練習看看吧。
請看著表格，一一回答以下的問題！

Q.「在他來之前，我可能會先去睡」要怎麼說呢？

時態是什麼？ ------------------ 未來

兩個句子的時態是什麼？ ---- 左：未來式、右：現在式

所以英語要怎麼說呢？ ------- **I'm going to go to bed before he comes.**

Q.「我在他來之前就去睡了」要怎麼說呢？

時態是什麼？ ------------------ 過去

兩個句子的時態是什麼？ ---- 左：過去式、右：過去式

所以英語要怎麼說呢？ ------- **I went to bed before he came.**

Q. 「 我每次都在他來之前就去睡了 」 要怎麼說呢？

時態是什麼？ ------------------平時的狀態

兩個句子的時態是什麼？ ----左：現在式、右：現在式

所以英語要怎麼說呢？ ------**I go to bed before he comes.**

Q. 「 上班前我都會去健身房 」 要怎麼說呢？

時態是什麼？ ------------------平時的狀態

兩個句子的時態是什麼？ ----左：現在式、右：現在式

所以英語要怎麼說呢？ ------**I go to the gym before I go to work.**

Q. 「 我打算上班前去健身房 」 要怎麼說呢？

時態是什麼？ ------------------未來

兩個句子的時態是什麼？ ----左：未來式、右：現在式

所以英語要怎麼說呢？ ------**I'm going to go to the gym before I go to work.**

Q. 「 我上班前去了健身房 」 要怎麼說呢？

時態是什麼？ ------------------過去

兩個句子的時態是什麼？ ----左：過去式、右：過去式

所以英語要怎麼說呢？ ------**I went to the gym before I went to work.**

Q.「 他們分手之後，我就跟他告白了 」 要怎麼說呢？

時態是什麼？ ------------------過去

兩個句子的時態是什麼？ ----左：過去式、右：過去式

所以英語要怎麼說呢？ -------**I asked him out after they broke up.**

Q.「 他們分手之後，我打算跟他告白 」 要怎麼說呢？

時態是什麼？ ------------------未來

兩個句子的時態是什麼？ ----左：未來式、右：現在式

所以英語要怎麼說呢？ -------**I'm going to ask him out after they break up.**

接著我們用形容詞來試試看吧。在「if」、「when」、「before」、「after」、「until」之後的形容詞句也會用現在式表達「未來的事情」。「過去的事情」用過去式，「平時的狀態」用現在式。

那就請各位繼續回答以下的問題吧！

Q.「 我一直等到天氣放晴 」 要怎麼說呢？

時態是什麼？ ------------------過去

兩個句子的時態是什麼？ ----左：過去式、右：過去式

所以英語要怎麼說呢？ -------**I waited until it was sunny.**

Q. 「 我總是等到天氣放晴 」 要怎麼說呢？

時態是什麼？ ----------------- 平時的狀態

兩個句子的時態是什麼？ ---- 左：現在式、右：現在式

所以英語要怎麼說呢？ ------- **I wait until it's sunny.**

Q. 「 我會一直等到天氣放晴的 」 要怎麼說呢？

時態是什麼？ ----------------- 未來

兩個句子的時態是什麼？ ---- 左：未來式、右：現在式

所以英語要怎麼說呢？ ------- **I'm going to wait until it's sunny.**

　　雖然是在談未來的事情，但是「**until**」後面的句子要用現在式「**It's sunny.**」

　　下一個問題也用相同的邏輯思考。

Q. 「 如果沒放晴的話我就不走 」 要怎麼說呢？

時態是什麼？ ----------------- 未來

兩個句子的時態是什麼？ ---- 左：未來式、右：現在式

所以英語要怎麼說呢？ ------- **I'm not going to go if it's not sunny.**

Q.「他如果ㄅ難我，我就回家」要怎麼說呢？

時態是什麼？ ------------------未來

兩個句子的時態是什麼？ ----左：未來式、右：現在式

所以英語要怎麼說呢？ -------**I'm going to go home if he's mean.**

　　怎麼樣？系統化地背下來之後，是不是就能順暢地造出英語句子了呢？

　　這些練習重複越多次，越能讓你輕鬆地說出和母語者一樣的英語，所以請大量地練習吧！有練習的人就贏了！

中文和英語的時態感差異

　　這裡稍微補充一些中文和英語的「時態感差異」。不過，你不需要太認真思考這些內容。我想可能會有人很在意所以才會說明，不過這就像冷知識一樣而已。

　　前面提到日語或中文會把「未來的事情」用過去式表達「明天他來的時候」、「明天工作結束後」；或者明明是「過去的事情」卻用現在式表達「昨天睡覺之前」、「直到昨天他來為止」。這不代表中文很奇怪。因為中文和英語的時態感不同。

● 中文會時空跳躍，從兩個行動之間的時間點開始描述
● 英語會從現在發話的時間點描述

英、中兩種語言有這樣的特徵。譬如說這句話──

I brushed my teeth before I went to bed yesterday.
昨天我睡覺前有刷牙。

　　以英語來說，兩者都是昨天發生的行為，所以從現在發話的時間點來說，都是過去發生的事情所以用過去式。

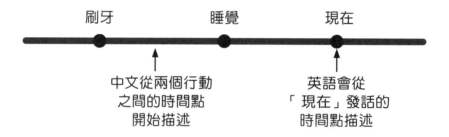

刷牙　　　　　睡覺　　　　　現在

中文從兩個行動
之間的時間點
開始描述

英語會從
「現在」發話的
時間點描述

　　然而，以中文來說，會從「刷牙」和「睡覺前」兩個行為之間的時間點發話，所以會變成「已經刷完牙」、「才要去睡覺」的感覺。

　　還有另一點，譬如像這個句子——

I'm going to go drinking after I finish work.
工作結束之後打算去喝一杯。

　　這明明是未來的事情，但是中文會用「工作結束之後」這樣的過去式。

Chapter 5

169

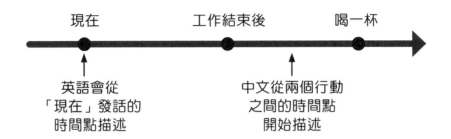

　　英語會從現在發話的時間點考量，所以「工作結束」和「去喝一杯」都是「未來的事情」。（但是 **after** 後面的句子又用現在式，結果英語也是很奇怪……），另一方面，中文是從「工作結束」和「去喝一杯」這兩個行為之間的時間點出發，變成「工作結束之後」、「接下來才要去喝一杯」的感覺，所以「工作結束」才會用過去式。

　　思考這些原理很困難，所以各位只要記得 **A4** 表格的框架即可。

　　本書為了不要讓讀者受到中文和英語的時態差異影響，一開始就先告訴大家用英語時區分平時的狀態、現在、過去、未來等時態很重要。這個原則無論是在造單一個句子或是連接兩個句子都適用。各位已經越來越能掌握到母語者說話的感覺了吧！

Chapter 6

学會稍微多加一點料就能說出
複雜內容的「奇蹟應用法」

教科書上沒有，但母語者在日常生活中大量使用的口說方式

只要在句尾加上一點單字即可

最後一章要針對「奇蹟應用法」說明。何謂奇蹟？那就是只要在句尾加上零件，就能「奇蹟似地」輕鬆說出母語者會說的句子。

請看 **A4** 表格上的零件 **D**。

- ① 形容詞
- ② with 名詞
- ③ 動詞 ing

總共有這幾個欄位。①②③就是在已經完成的句子後面要加入的零件。那我們就慢慢往下看吧。

He came home.
他回到家了。

這是一個已經完成的句子。在這個句子後面加上①形容詞的 **hungry**。就會變成——

He came home hungry.
他餓著肚子回家。

如果用比較有禮貌的法，這句話的意思就是「他餓著肚子回家」。只要像這樣在完成的句子後面加上一個單字就 **OK**。

那「早上一起床就變成名人了」這個句子用英語要怎麼說呢？「名人就是 **famous person** 所以……**I woke up with the famous person.** 是這樣嗎？」

有很多人會這樣說，但是這句英語的意思是「早上一起床，身邊就冒出一個名人」。

除此之外，我曾經在文法教科書上看過——

△ I awoke to find myself to be famous.

但母語者絕對不會這樣說。因為實在太拗口了（笑）。

○ I woke up famous.

這樣才是正確答案。

I woke up.
醒來 （ 早上起床 ）

只要在這個已經完成的句子後面加上形容詞卽可。

+ famous.
有名

這樣就 **OK** 了。其實英語很簡單，但是從日語的角度思考就會變得很難又不自然。

如果是「名詞」就用「with」連接

想用英語說「他回到家的時候頭很痛」的時候，該怎麼造句呢？

He came home.
他回到家了。

只要在這個已經完成的句子後面加上——

+ **with** a headache.

就會變成——

He came home **with** a headache.

「**a headache**」是名詞，所以要加上「**with**」，只要記住這個簡單的邏輯即可。而且無論有沒有因果關係都能使用，所以非常方便。譬如上述的句子——「**He came home with a headache.**」可以表達「他回到家的時候頭很痛」這種沒有因果關係的狀況。也能表達「他因為頭痛所以回家」這樣有因果關係的狀況。

譬如說「他回家的時候，襯衫上有口紅印」可以這樣說——

He came home with lipstick on his shirt.

只要在——

He came home.

這個已經完成的句子後面加上──就完成整個句子了。

+ **with** <u>lipstick on his shirt.</u>

lipstick 是名詞，所以用 **with** 連接，只要記住這個簡單又符合邏輯的概念即可。這個時候如果沒有「**on his shirt**」就會意義不明，所以一定要加上這一句。

如果是「動詞」只要加上「ing」即可

這是文法書裡面寫到的「現在分詞句構」，只要不要去在意生硬的使用時機，用起來其實很簡單。

譬如「他哭著回家」可以這樣說──

He came home crying.

只要在──

He came home.

這個已經完成的句子後面加上──

+ <u>cry**ing**</u>

就完成整個句子了，很簡單吧！「**cry**」是動詞，所以加「**ing**」，請用這樣簡單又有邏輯的方式思考。

只要使用奇蹟應用法，也能打造出更簡單、更自然的英語句子！

我很推薦大家記住這個應用法。添加的部分最大的特徵就是和時態、句型等困難的文法一點關係也沒有。

不知道這個應用法的人，會覺得一定要造出這兩個句子——

△ **He was hungry when he came home.**

分別思考這兩個句子的時態和句型的話就會變得很難。而且，一個是形容詞句，一個是動詞句，所以背後的原理又各自不同。

知道這個應用法的人，一句話就能表達了——

He came home + hungry.

這樣說輕鬆多了對吧！而且，除了造句很輕鬆之外，這樣的英語也更加自然！

不知道這個應用法的人，會覺得一定要造出兩個句子——

△ He was crying while he was coming home.

知道這個應用法的人就會說出「**He came home + crying.**」這樣更簡單更自然的英語句子。

 point

順帶一提，「帶著煩惱回家」這句話用英語要怎麼說呢？

這時候應該有很多人會想：「煩惱要怎麼說啊？是trouble嗎？」

正確答案是problem。

從中文的角度來看，problem是問題，trouble是煩惱，但其實「問題」和「煩惱」都用problem表達。先放下「這個中文單字對應這個英語單字」的想法，使用A4表格養成用英語思考的習慣吧！

奇蹟應用法有三大類型。我們邊看例句邊瞭解這些類型吧。

① 加上形容詞

I went to bed hungry.

我餓著肚子睡覺。

② with ＋名詞

I went to bed with a headache.

我頭很痛還是去睡了。

③ 動詞加上 ing

I went to bed wearing contacts.

我戴著隱形眼鏡睡覺。

（ 題外話，穿戴在身上的東西全部都用 **wear**。）

I went to bed wearing makeup.

我帶著妝睡覺。

順帶一提，表示「化妝」的「makeup」是名詞。只要是穿戴在身上的東西全部都用「wear」。

另外，和名詞「makeup」很像的是動詞「make up」，但意思完全不同指的是「和好」。有人會說──"I went to bed making up." 這句話的意思就會變成「一邊和好一邊去睡覺」。經常會有人犯這樣的錯，所以請大家小心。

① 加上形容詞

為什麼不是副詞而是形容詞？

He came home hungry.

他餓著肚子回家。

　　我們先看這句話。我經常會遇到的問題是：「應該不是用 **hungry** 而是用 **hungrily** 吧？」但是用「**hungrily**」就錯了。

　　各位學生時代應該都學過加 **-ly** 變成副詞這個方法。我想應該是因為這樣，各位才會覺得要用 **hungrily**。然而，需要加上「**ly**」變成副詞的狀況僅限於修飾動詞「回家」。

✕ He came home hungrily.

　　如果這樣說的話，就會變成說明「回家的方式」，意思也變成「很餓地回家」。意義完全不同。不可能會有「用很餓的

方式回家」這種動詞修飾，所以不會用 **hungrily**，而是直接用形容詞 **hungry**。這樣才會是「回家的時候肚子很餓」的意思。

同理，「回家的時候，（英語）很流暢」可以這樣說——

He came back <u>fluent</u> (in English).

「很流暢」使用形容詞「**fluent**」。只要直接把形容詞添加在句尾即可，所以句子會是——

He came + <u>fluent.</u>

如果把 **fluently** 改成副詞，就會變成「流暢地回家」的意思。「很流暢地回家」反而是很奇怪的句子。

「很流暢地回家？」「是步伐很流暢的意思嗎？」母語者反而會搞不懂原意。

否定句只要在形容詞加上前 not 即可

想要否定句尾的形容詞時，要像這樣——

not drunk

在形容詞前加上 **not** 就 **OK** 了。這種作法在不知道單字的時候也很有用。

He came back drunk.

這句話是指「他回家時喝醉了」的意思對吧。

那「他回家時沒喝醉」怎麼說呢？有人會覺得「我不知道沒喝醉這個單字所以不會講」，但我們可以換個想法。

He came home + <u>not drunk.</u>

這樣說就好了。不知道沒喝醉這個單字也沒關係！

（順帶一提，沒喝醉的形容詞是 **sober**。）

不要因為不知道單字而放棄，保持靈活的態度，嘗試使用自己知道的英語很重要。我們再用自己知道的英語單字，多練習一些這種情況下的英語說法吧。

「回家的時候心情很好」要怎麼說呢？不要因為不知道「心情很好」這個單字而放棄，只要這樣說就好──

He came home + <u>happy</u>.

連小學生都知道 **happy** 這個單字，但是大人為什麼說不出口呢？那是因為被中文的「心情很好」這個單字束縛了。為了讓對話順利進行，不要想得太難非常重要。

「回家的時候很沮喪」要怎麼說呢？不要因為不知道「沮喪」這個單字而放棄──

He came home + <u>sad</u>.
He came home + <u>not happy</u>.
He came home + <u>unhappy</u>.

以上這些說法都可以。你可用簡單的單字表達很多事情。反之，當你查詢「沮喪」這個詞的時候會出現「**depressed**」，但是「**depressed**」這個單字帶有「憂鬱」的意思，感覺比沮喪更嚴重。不要找困難的單字，用原本就知道的簡單單字反而比較好。

② with ＋名詞

名詞用 with 連接

「他回家時感冒了」可以這樣說──

He came home with a cold.

這是在已經完成的句子──

He came home.

加上──組成的一句話。

with <u>a cold</u> （with ＋ 名詞）

He came home <u>sick</u>.

這句話也是指「他回家時感冒了」，但是因為 sick 是形容詞，所以只要直接加在句尾卽可。**a cold** 是名詞意指感冒，所以要用 **with** 連接。

卽便意義相同，用法也會因爲連接的單字詞性不同而改變。

「早上起床覺得肌肉痠痛」可以這樣說——

I woke up <u>sore.</u>

「**sore**」是表示「痛」的形容詞，但是經常用於「肌肉痠痛」的情況。因爲是形容詞，所以直接加在句尾卽可。

「早上起床覺得腿部肌肉痠痛」可以這樣說——

I woke up **with** <u>sore legs.</u>

一樣都是描述「肌肉痠痛」但是「**sore legs**」是名詞，所以用「**with**」連接。

如果要否定的話就在名詞前面加上「no」

with ＋否定名詞，只需要在名詞前加上 no 即可。

「他回家時身無分文」可以這樣說——

He came home with no money.

這句話的——

with money

改成否定——

with <u>no</u> money

就會變成——

He came home with no money.

除此之外，也可以這樣說——

Come with no expectations.
不抱任何期望而來。

 point

　　順帶一提，這裡的「come」只有一個單字，看起來可能不像完成的句子，但是其實這是已經完成的「命令句」，因為命令句就是從動詞原形開始。

③ 動詞加上 ing

用動詞 ing 表達「一邊做某事」「正在做某事」

只要把動詞改成 **ing** 就能加在已經完成的句子後面。

爲了考試學英語的時候應該有人學過「分詞句構」吧？用「動詞 **ing**」就可以表達「一邊做某事～」、「正在做某事～」的意思。

譬如說「做菜的時候切到手指」——

I cut my finger cooking .

「我平時都邊聽音樂邊跑步」——

I jog listening to music.

「他帶著酒味回家 」——

He came home <u>smell<mark>ing</mark></u> <u>like alcohol</u>.

「早上醒來已經躺在地上 」——

I woke up <u><mark>ly</mark>ing</u> <u>on the floor</u>.

否定句在動詞前面加上「not」

否定句只要在動詞前面加上「**not**」就 **OK** 了！

「他回家時沒有戴眼鏡 」——

He came home <u>not wearing his glasses</u>.

「醒來的時候不知道自己在哪裡 」——

I woke up <u>not knowing where I was</u>.

「素顏去上班 」——

I went to work <u>not wearing make up.</u>

只要像以上例句處理即可。

讓你開口說更多的
「雙重奇蹟應用法」

有沒有加上「奇蹟應用法」的差異

這個奇蹟應用法還有一個更方便的好處，就是可以添加好幾個元素。在進入「雙重奇蹟應用法」之前，我們先加深對「奇蹟應用法」的理解吧。

添加的部分會和原本句子中的人或物有關。無論主詞或受詞，都必須在原本的句子裡面。請見以下的例句。

I saw him crying.

這句話可以解釋成——

● 「我看到他在哭」
● 「我哭著看他」

這兩種意義都是對的。因為 I 和 him 都不在原本的句子裡面。

另一方面，想表達「他在下雨的時候回到家」的時候，不能這樣說——

✕ He came home raining.

原本的句子（**He came home.**）只有提到「**He**」對吧？添加「**raining**」就會變成「**He is raining.**（他正在下雨）」這種奇怪的句子。

「下雨」等「天氣」的主詞是「**It**」對吧。因為原本的句子裡面沒有 **it**，所以不能加上「**raining**」。

這就是雙重奇蹟應用法！

「看電視會沒辦法集中精神」可以這樣說——

I can't concentrate <u>watching</u> <u>TV</u>.

原本的句子裡面只有「**I**」，所以「**watching TV**」也會和「**I**」相連。也就是說，看電視的是自己，無法集中精神的也是自己。

那想說「你看電視的話，我會無法專心」的時候該怎麼辦呢？

無法集中精神的是我——

I can't concentrate.

看電視的人是你，但是原本的句子沒有加入「**you**」，所以要添加——

+ with you

變成這樣——

I can't concentrate with you watching TV.

這就是加入兩個零件的「奇蹟應用法」。

因為 **you** 是名詞所以用 **with** 連接，句尾加上 **with you**。順帶一提，這並不是指「和你一起看電視」的意思。

除此之外，「醒來之後發現自己躺在床上」會這樣說——

I woke up + lying on the bed.

醒來的是自己，躺在床上的也是自己，所以這裡只要用一個奇蹟應用法就能表達。

但是，「醒來之後發現狗躺在床上」就會變成這樣——

I woke up + with the dog + lying on the bed.

醒來的是自己，躺在床上的是狗。然而，「**the dog**」不在原本的句子裡，所以加上「**with the dog**」，變成雙重奇蹟應用法。

除此之外「窗戶還開著，我就去睡覺了」——

I went to bed + with the window + open.

和上一個例句相同，去睡覺的人是自己，開著的是窗戶。然而，原本的句子裡面沒有「**the window**」，所以要添加「**with the window**」。

順帶一提，最後的「**open**」不是動詞，而是形容詞。雖然「**open**」是動詞，但「**open**」也是形容詞。動詞表示「動作・行為」，所以動詞的「**open**」意指「打開」。形容詞表示沒有行為的「狀態」所以形容詞的「**open**」意指「開著」。

這不是指「一邊開窗一邊睡覺」，而是「在窗戶打開的狀態下睡著」所以就輪到形容詞上場了。

point

　　這裡介紹的「雙重奇蹟應用法」對日本人來說好像很陌生，所以經常有人會問我：「母語者真的會這樣說嗎？」

　　之前也說過，我曾經分析過四百部電影和電視劇的劇本。其中只看過兩次添加五個零件的「奇蹟應用法」，但是添加兩、三個零件的用法很常見。

添加詞彙的順序是什麼？

尤其是加上二個、三個零件的狀況是最混亂的。

使用雙重、三重奇蹟應用法造句時，有時候需要注意添加順序，但有時候不注意也無所謂。

如同我剛才介紹「雙重奇蹟應用法」的例句，全部都必須按照順序才行。請各位回想一下以下的例句——

I can't concentrate with you watching TV.

為什麼會先出現 **with you** 呢？這是因為 **you** 是 **watching** 的主詞。

以這句話為例——

I learn English.

英語的「主詞」一定會在動詞的左側。反之，「受詞」會

在動詞的右側。

「**you**」是「**watching**」的主詞，會出現在動詞的左側，所以會先添加「**with you**」這個零件。

I woke up + with the dog + lying on the bed.

這句也一樣，因為是「狗躺在床上」所以「**the dog**」是「**lying on the bed**」的主詞，添加的順序也就定下來了。

I went to bed + with the window + open.

這句也是，「窗戶開著」表示「**the window**」是「**open**」的主詞，所以也會按照這個順序造句。

「事情發生的順序」也會影響添加詞彙的順序

除了「是否為主詞」之外，「事情發生的順序」也會影響添加詞彙的順序。譬如說「滑雪摔斷腿」可以這樣說——

I broke my leg + skiing.

「喝醉酒滑雪摔斷腿」則可以這樣說——

I broke my leg + skiing + drunk.

這個順序和「主詞」沒有關係，有關係的是「事情發生的順序」。

首先，我們來比較一下中文和英語的語順。

● 中文：喝醉＋滑雪＋摔斷腿
● 英語：I broke my leg ＋ skiing ＋ drunk.

完全相反對吧。中文會按照事情發生的順序描述——「喝醉→滑雪→摔斷腿」。英語相反，會從現在回溯到過去。應該是說，英語比較傾向於「先說結果」。

這句話的重點在於「摔斷腿」。接著才是「做某事的時候」、「在某個狀態下」。

英語會從結果開始說，所以和中文完全相反。雖然也不是完全沒有例外，但是基本上只要想著中文的語順和英語完全相反最輕鬆。

和「主詞」、「事情發生的順序」無關的時候，什麼順序都無所謂。

譬如說──

I woke up + lying on the floor + with a hangover.

早上醒來的時候發現自己躺在床上而且宿醉。

這句話不去思考添加的順序也無所謂。因為和事情發生的順序無關，所以「lying on the floor」和「with a hangover」哪一個先都可以，而且主詞都是「I」，所以也沒有主詞要在左側的問題。因此，不需要為句子排列先後順序。

也就是說──

● I woke up + ly ing on the floor + with a hangover.
● I woke up + with a hangover + lying on the floor.

兩種說法都可以。

即便連續出現兩個動詞 ing 對母語者來說也是自然的句子

譬如說「做菜的時候切到手指」——

I cut my finger + cooking.

更進一步描述「邊看電視邊做菜的時候切到手指」可以這樣說——

I cut my finger + cooking + watching TV.

看到這句話的時候，有很多人會覺得：「連續出現 **cooking**、**watching** 兩個動詞 **ing** 不是很奇怪嗎？」這對母語者來說一點也不奇怪，而是非常自然的句子。你當然可以使用「**and**」和「**while**」，只是很多時候都不會加。

point

　因為有很多人都不相信，所以我製作了以下YouTube影片。「比起理論，證據更重要！」請各位一定要打開來看一看。

附和對方的話時也會用到奇蹟的應用法

　　最後說個題外話，應用本書提到的方法，這些零件也可以添加在有「人物」的句子中。請看以下 **A** 先生和 **B** 先生的對話。

A：**I'm busy.**（我很忙。）
B：**Working?**（上班很忙嗎？因為工作嗎？）

　　在這段對話中，**B** 先生的回應就使用了「奇蹟應用法」。日語中也經常出現這樣的對話吧？進行式並非省略。而是自然的對話。

A：**I'm busy.**（我很忙。）
B：**Doing what?**（忙什麼？）
A：**Working.**（上班很忙／因為工作）

這樣的對話很常見吧。只要像這樣把「奇蹟的應用法」加入對話之中，就能用母語者的語感創造自然的對話。

高寶書版集團
gobooks.com.tw

新視野 New Window 244

一張 A4 說出流利英語：不用背文法也沒關係，用魔法表格組織句子，輕鬆用母語架構說英文
A4 一枚英語勉強法 見るだけで英語ペラペラになる

作　　者	尼克・威廉森（Nic Williamson）
譯　　者	涂紋凰
責任編輯	吳珮旻
校　　對	鄭淇丰
封面設計	陳馨儀
排　　版	賴姵均
企　　劃	鍾惠鈞
版　　權	張莎凌

發 行 人	朱凱蕾
出　　版	英屬維京群島商高寶國際有限公司台灣分公司
	Global Group Holdings, Ltd.
地　　址	台北市內湖區洲子街 88 號 3 樓
網　　址	gobooks.com.tw
電　　話	(02) 27992788
電　　郵	readers@gobooks.com.tw（讀者服務部）
傳　　真	出版部　(02) 27990909　行銷部 (02) 27993088
郵政劃撥	19394552
戶　　名	英屬維京群島商高寶國際有限公司台灣分公司
發　　行	英屬維京群島商高寶國際有限公司台灣分公司
初版日期	2022 年 8 月

A4 ICHIMAI EIGO BENKYOHO MIRU DAKE DE EIGO PERAPERA NI NARU
Copyright © 2021 Nic Williamson
Chinese translation rights in complex characters arranged with SB Creative Corp.,
Tokyo through Japan UNI Agency, Inc.

國家圖書館出版品預行編目（CIP）資料

一張 A4 說出流利英語：不用背文法也沒關係，用魔法表
格組織句子，輕鬆用母語架構說英文 / 尼克. 威廉森 (Nic
Williamson) 著；涂紋凰譯 . -- 初版 . -- 臺北市：英屬維京群
島商高寶國際有限公司臺灣分公司, 2022.08
　　面；　公分 . -- (新視野 244)

譯自：A4 一枚英語勉強法：見るだけで英語ペラペラになる

ISBN 978-986-506-461-7 (平裝)

1.CST: 英語　2.CST: 語法　3.CST: 會話

805.16　　　　　　　　　　　　　　　111008757